AF279607

WAS IM DUNKELN SCHATTEN WIRFT

Josefine Lyda

Bibliografische Information der Deutschen Nationalbibliothek: Die Deutsche Nationalbibliothek verzeichnet diese Publikation in der Deutschen Nationalbibliografie; detaillierte bibliografische Daten sind im Internet über http://dnb.dnb.de abrufbar.

Covergestaltung: Josefine Lyda | basierend auf "Head of a Veiled Woman" von Anders Zorn, siehe auch Bildquellenverzeichnis.
Buchsatz: Josefine Lyda | erstellt dem Bilderarchiv von Canva Pty Ltd. und gemeinfreien Bildern, siehe auch Bildquellenverzeichnis.

Verlag: BoD · Books on Demand GmbH, Überseering 33, 22297 Hamburg, bod@bod.de

Druck: Libri Plureos GmbH, Friedensallee 273, 22763 Hamburg

ISBN: 978-3-8192-6552-5

Gegend von Tegel bey Berlin.

N.º 17.

Angaben zu möglichen verstörenden Inhalten be-
finden sich auf Seite 117.

Angaben zu möglichen verstörenden Inhalten be-
finden sich auf Seite 117.

Mondlied

Ich wandle still den Waldespfad,
Es dunkelt die Nacht herein.
Im Grunde rauscht ein Mühlenrad,
Der Grillen Lied fällt ein.

Wie liegt so tief, wie liegt so weit
Die Welt im Mondesduft!
Die Stimme der Waldeinsamkeit
In Windessäuseln ruft:

Wirf ab dein bang erträumtes Weh,
Wirf ab die falsche Lust!
Sie schmelzen hin wie Märzenschnee,
Und öde bleibt die Brust.

Blick auf, wohin der Zorn entbrennt,
wo er glimmend heiß erwacht;
wenn der Müller nur den Totschlag kennt,
mahlt die Mühle auch bei Nacht!

Die ersten drei Strophen sind aus „Mondlied" von Paul
Heyse. Die letzte Strophe wurde von der Autorin neu
formuliert.

Kapitel 1
VERLEUMDUNG

1

Ich sammle Blicke wie aufgeweckte Burschen Schmetterlinge sammeln. Ich sammle den Blick meines Bruders, der mit unterdrückter Wut gefüllt ist. Jakob vergräbt sich in seinem Hass. Seine Zähne mahlen ihn wie die Wassermühle das Mehl mahlt. Die Wut wird zu feinen Splittern zerrieben. Sie dringt tief in Jakobs Seele ein.

Ich sammle Magdalenas Blick. Ich kann nicht erkennen, was ihre Augen mir sagen wollen. Ein Blick über die Schulter, der nicht verrät, ob er mir Sehnsucht, Verlangen oder Hass entgegenbringen soll.

Ich sammle die Blicke, steche eine Nadel durch sie hindurch und befestige sie in meinem Schaukasten aus Vorstellungen und Träumen.

Der Blick meines Vaters ist verschlossen. Seine Augen sind verschlossen. Denn er ist tot und wird mir nie wieder einen Blick zuwerfen.

2

Der Boden der Kirche ist uneben. Ich kann nicht sagen, wie viele Füße schon vor mir über diese Steine gelaufen sind. Ob meine Vorgänger gemerkt haben, dass sie mit jedem Schritt Furchen in den Stein getreten haben. Sie haben die Schriftzüge auf den Bodenplatten abgenutzt und ihre Spuren im Stein hinterlassen. Ich setze einen Schritt vor den anderen, wie es schon unzählige Seelen vor mir getan haben, und wie es weitere unzählige Seelen nach mir tun werden. Unsere Schritte tragen uns über den Boden, nicht wissend, wie jeder von ihnen Spuren zurücklässt.

Ich trage meinen besten Gehrock, der sich faltenfrei an mich legt. Natürlich könnte man meinen, dass jedes meiner Kleidungsstücke mit Mehl bepudert ist, dass sich das Mehl federleicht auf meine Kleidung setzt und so unbemerkt Spuren hinterlässt – so wie ich unbemerkt Spuren auf dem Kirchenboden hinterlasse. Doch meine Kleidung ist tiefschwarz. Denn ich betreibe die Mühle nicht, ich verwalte sie.

Ich stelle Gesellen ein, ich schicke sie fort. Ich schließe Verträge mit den Mühlgästen und setze mich mit der Mühlengerechtigkeit auseinander. Genauso wie mein Vater es tat, der nun tot aufgebahrt am Ende des Kirchenschiffs liegt.

Der Boden der Kirche ist uneben. Ich weiß nicht, ob es die schiefen Steine im Boden sind, die mich ins Wanken bringen, oder die unausweichliche Wahrheit, die mich nun zu überrollen droht: *Mein Vater liegt dort tot am Ende des Kirchenschiffs. Wenn er in der Erde liegt, werden Maden seine Augen fressen.*

Ich beuge mich über das leblose Gesicht meines Vaters. Sein Kopf ist blass. Er sieht aus wie eine Totenmaske, nur dass es keine Maske ist, sondern echte tote

Haut, die über sein Gesicht gespannt ist. Ich streiche über seine Wange. Sie fühlt sich an wie ein Stück Leder mit Watte unterfüttert. Ich weine, doch meine Tränen sind ausdruckslos. Ich trage ein starres Gesicht, über das Wasser läuft.

Mir wird bewusst, was ich schon viel früher hätte wissen müssen: Ob mein Vater hier liegt oder zu Hause in seinem Krankenbett – es macht keinen Unterschied. In dem letzten Jahr seiner Krankheit kamen aus seinem Mund keine Worte der Liebe und es werden auch jetzt keine Worte der Liebe aus seinem Mund kommen. Ist sein Körper erst jetzt tot, war sein Geist es schon seit einem Jahr.

Der Boden der Kirche ist uneben. Ich setze mich neben meinem jüngeren Bruder auf die Kirchenbank. Sein Kiefer arbeitet, er reibt seine Zahnreihen gegeneinander, sonst bewegt er sich nicht. Er trägt das Gesicht eines Mannes, der seine Wut nicht preisgeben will. Die gleiche Kälte umweht ihn, wie sie jeden Menschen umweht, der versucht seine Aggression in sich hineinzufressen. Ich denke: *Wenn mein Vater in der Erde liegt, fressen Maden seine Augen in sich hinein, so wie Jakob seine Wut in sich hineinfrisst.*

Die Trauernden gehen nacheinander vor, sie wetzen den Steinboden weiter ab, ohne dass jemand dies bemerken würde. Selbstverständlich bemitleiden sie uns nur zum Schein, um ihre Frömmigkeit zu zeigen. Schließlich trauert man nicht wahrhaftig um meinen Vater, denn er war – so wie ich – betrügerisch und machthungrig, mit dem Teufel im Bunde und bösartig, wie es alle Müllermeister sind. Ich betrachte meine behandschuhten Finger, wie sie die Krempe meines Filzhutes befühlen. Es sind die Hände eines Unschuldslamms, das von der Dorfgemeinschaft zum Sündenbock erkoren wurde.

Im Gang zwischen den Kirchenbänken sind weitere Schritte zu hören. Ein Gewand raschelt. Es ummantelt ein Beinpaar, es gleitet an ihnen entlang. Nur dieses Rascheln ist zu hören, von Stoff, der über zarte Beine streicht. Magdalena schreitet nach vorne. Ihr Kleid hüllt sie in tiefe Schwärze. Ein Schleier aus Spitze bedeckt ihr Haar, er umschließt ihr Gesicht. Selbst durch den Spitzenschleier kann ich sehen, dass Magdalena weint. Ihre Augen sind mit dicken Tränensäcken versehen. Der Schleier verbirgt nicht, wie verquollen und rot ihre Augen sind. Herzenswasser läuft ihr aus Augen und aus Nase.

Das Erste, was ich bei diesem Anblick fühle, ist, wie meine Tränen einen eigenen Ausdruck erhalten. Sie wandeln sich. Sind sie zuvor ausdruckslose Wassertropfen gewesen, die mein starres Gesicht hinunterlaufen, werden sie nun zu den Kristallschatten echter Schwermut. Ich sehe Magdalena trauern und kann dadurch die Tiefe meiner eigenen Empfindsamkeit spüren.

Erst kommen die Gefühle, dann die Gedanken dazu. Nachdem der erste Schub der Einfühlsamkeit abnimmt, drängt sich mir eine Frage auf: Warum weint Magdalena um meinen Vater? Soweit ich weiß, sind ihre Schicksale nicht miteinander verwoben. Ihre Leben überlappten sich zu keinem Zeitpunkt. Sie kam nicht in die Mühle und wir kamen nicht in das vornehme Krämerhaus ihres Vaters.

Ich bin nicht der Einzige, der Magdalena an den Kirchenbänken entlang schweben sieht. Verstohlene Blicke schauen ihr hinterher und ich bin mir sicher, dass Gedanken durch die Köpfe schwirren, die auf heiligem Boden keinen Platz haben. Ich weiß es, weil ich selbst diese Gedanken über Magdalena hege.

Obwohl ihr – unerklärlicherweise – die Trauer ins Gesicht geschrieben steht und ihr die unanständigen Blicke hinterhergeworfen werden, geht sie aufrecht zum offenen Sarg. Sie strotzt nur so vor Selbstbewusstsein. Es quillt über und läuft an den Seiten heraus. Sie trägt ihre Trauer offen vor sich her. Nur einen Moment, einen kurzen Augenblick, einem Mosaikteil im großen Ganzen ihrer Anmut, lässt sie ihre Hülle der Selbstachtung fallen. Sie dreht sich um, sie sieht mir direkt in die Augen.

Ich weiß nicht, was ihr Blick mir sagen soll, doch er soll mir etwas sagen. Ist es Mitleid? Hass? Liebe? Meine Finger zittern. Was auch immer in ihrem Blick ist, es wird mich nicht mehr loslassen.

3

Beim Leichenschmaus im Wirtshaus thront Jakobs Kälte immer noch in seinem Herzen – selbstredend nur, wenn ich in seiner Nähe bin. Stehe ich abseits, blüht er auf. Er wird Frühling. Er bedankt sich herzlich, klopft auf Schultern, er lacht über alte Geschichten.

Ich stehe viel abseits während der Trauerfeier, wie an allen anderen Tagen auch. Erst nachdem ich vier Bier getrunken habe, kann ich Jakob ansprechen. Mein Rachen schmeckt nach Hopfen. Bitter und abgestanden.

Mein Bruder plauscht gerade mit einem der Waschweiber, einer grobschlächtigen Frau, die zu viel Seifenlauge an ihre Finger bekommen hat. Sie bemerken mich nicht und sprechen weiter, als könnte ich sie nicht hören.

„Ich habe mich immer gefragt", redet sie auf ihn ein. Sie heißt Elisabeth und auf mich hat sie bisher nie so eingeredet. „Wie es denn sein kann, dass so ein Teufelskerl – Gott sei seiner Seele gnädig – wie er zwei Söhne haben kann und der eine ist genau das gleiche Schlitzohr wie der Vater selbst. Aber der Zweite ist ehrenwert und tugendhaft."

„Hör mir auf. Nur weil Benjamin etwas vom Rechnungswesen versteht, ist er nicht mit dem Teufel im Bunde." Jakob lacht und nimmt einen Schluck aus seinem Bierkrug.

„Ach, ich verstehe nichts von dem, was er macht. Da kann er doch leicht ein, zwei Zahlen vertauschen und die Mühlgäste erhalten viel weniger von ihrem Mehl als ihnen zusteht. Wer sagt mir denn, dass der Benjamin nicht auch ein wenig von dem Mehl für sich behält." Sie schaut verschwörerisch in Jakobs Gesicht. „Es ist doch keine Arbeit, was er da tut. Mit Papier und Federkiel. Die echte Arbeit überlässt er doch seinem Bruder."

Jakob lacht zustimmend, sieht dabei den Schaum seines Bieres an. Elisabeth fährt fort: „Aber, dass der Müller – Gott sei ihm gnädig – ein Teufelskerl war, das kann ich ja schon an den Gästen hier erkennen. Was habt Ihr denn da für Trauernde zum Leichenschmaus geladen?"

„Aber, Elisabeth", sagt Jakob übertrieben mahnend. „Ich hoffe, Euch fallen keine schlechten Worte über die frommen Trauergäste ein."

„Mir ist nicht entgangen, dass die Tochter vom Krämer, diese Magdalena hier ist. Was will sie hier? Ist sie auf Männerfang?"

„Männerfang? Oh, Betti, Betti. Was habt Ihr denn schon wieder aufgeschnappt? Ich würde vorschlagen, Ihr erzählt mir alles. Aber leise, damit niemand mitbekommt, dass ich einer guten Geschichte nicht widerstehen kann."

„Vielleicht kann euer kleiner Plausch warten?", wage ich zu sprechen. Meine Stimme lallt, das Bier tut seine Arbeit.

„Ach, Benjamin, natürlich kann der warten. Elisabeth, bleibt genau hier stehen, ich bin gleich wieder für Euch da. Davon will ich nichts verpassen." Jakob wendet sich nun mir zu.

„Was gibt es denn?", sagt er freundlich, weil Elisabeth noch in Hörweite ist.

Ich weiß nicht, wie ich das Gespräch beginnen soll. Ich weiß nicht, wie man fragt, warum jemand so zornerfüllt ist. Daher sage ich: „Es wird nicht mehr so sein wie früher, jetzt, wo Vater verstorben ist."

Jakob nimmt mich beiseite. Seine Stimme wird schneidend. „Hast du deshalb mein Gespräch unterbrochen? Um mir zu sagen, dass sich jetzt alles ändern wird?"

Ich presse meine Lippen zusammen. Jakob interessiert es kein Stück, was das Waschweib Elisabeth über Magdalena zu berichten hat. Es werden die üblichen Floskeln darüber sein, welcher Herr letzte Nacht aus Magdalenas Fenster geklettert sein soll. Jakob stört es nicht, dass ich Elisabeth unterbrochen habe. Ihn stört, dass ich ihn aus seiner Selbstdarstellung gerissen habe.

„Weißt du was, Benjamin? Für mich wird sich nichts ändern. Für mich wird alles bleiben, wie es ist." Es ist offensichtlich, wie er versucht seine Wut zu unterdrücken und diesen Satz ganz nebenbei zu sagen.

Ich nehme einen großen Schluck Bier, bevor ich meine Frage stelle: „Woher kommt diese Wut auf mich?"

Jakob fährt mit seiner Zuge über seine Zähne, ehe er antwortet: „Ich denke, schon allein aus dem Grund, dass du mir diese Frage stellst, bin ich wütend. Nein, Benjamin, warte – ich bin zornig. Wirklich aufgebläht vom Zorn."

Ich zucke zusammen. Ich habe erwartet, dass er mir sagt, alles sei bestens, dass er seine Wut weiter in sich hineinfrisst, wie die Maden nun Vaters Augen in sich hineinfressen. „Ich verstehe nicht –"

„Selbstverständlich verstehst du nicht. Weil du einfach nicht begreifst, was passiert. Du hast dich so in deinen Gedanken verkrochen, dass du nicht im Stande bist, zu erraten, was um dich herum passiert."

Ich schnaube. Denn ich merke sehr wohl was passiert. Ich bemerke Jakobs Anspannung, die sich löst, sobald ich nicht mehr in seinem Sichtfeld bin. Ich bemerke, wie er abends mit Mehl in den Haaren ins Bett fällt, wie er sich seine schwieligen Hände reibt, während ich Rechnungen unterzeichne.

„Du kauerst in deiner Schreibstube und legst mit Briefen fleißig unserem Vater die Worte in dem Mund. Aber wann hast du denn die Mühle das letzte Mal von innen gesehen? Hast du einmal gefühlt, wie sehr ein Rücken schmerzen kann? Weißt du überhaupt etwas von dem Mühlenhandwerk?"

Ich stolpere über die Unwahrheiten, die aus dem Mund meines Bruders strömen. „Selbstverständlich, bevor Vater krank wurde, war ich genauso ein Geselle wie du. Das weißt du, ich habe genauso geschuftet wie jeder andere Geselle."

„Und trotzdem merkst du nicht, wie es mit der Mühle bergab geht, seitdem du sie leitest. Ich weiß nicht in welchem Fieberwahn Vater war, als er dich zum Erben machte. Er hätte sehen müssen, welch ungeeignetes Geschöpf du bist."

„Ich bin mit dem Mühlwesen bestens vertraut." Meine Stimme bleibt ruhig, denn ich bin ruhig. Ich kenne das Kaufmannswesen, ich kenne das Erbpachtrecht, ich weiß von der Mühlengerechtigkeit und verwahre die Verträge über das Mühlenregal. Erst viel zu spät bemerke ich – diesmal kann mein Bruder mir vorwerfen, dass ich es nicht rechtzeitig bemerken würde – welche Stimme da aus meinem Bruder spricht. Es ist der Neid und ich kann es ihm nicht verübeln. Es ist nur ein vergifteter Ausdruck der Anerkennung.

„Du kennst dich vielleicht mit Zahlen und Buchstaben aus", zischt Jakob. „Aber nicht mit der echten Arbeit. Du weißt nicht, was deine Hände tun müssen, damit die Steine und Zahnräder sich bewegen. Und glaub mir, Vater war zwar nicht beliebt in Tegel. Aber er verstand, was er tat, und nun müssen wir alle mit ansehen, wie ein Korinthenzähler unsere Mühle in den Dreck zieht."

Jakob spricht wie einer, dem etwas weggenommen wurde, was ihm nie gehört hatte. Er benimmt sich wie ein großes Kind. Und ich muss zugeben, dass es das ist, was die Leute im Dorf an Jakob mögen. Diese kindliche Freude, dieses Glitzern in den Augen, dass er ihnen entgegenbringt. Das Lachen, das den anderen Menschen vorbehalten ist, so wie mir nun sein wahres Gesicht gezeigt wird: Zornerfüllter Hass und Neid.

„Ich habe mir das Erbrecht nicht erdacht. Ich befolge es nur", versuche ich zu erklären. „Ich bin der Ältere von uns beiden, daher erbe ich die Mühlengerechtigkeit."

„Ich pfeife auf das Erbrecht. Wir alle wissen doch, dass es nicht du bist, der in Tegel der Müllermeister sein sollte." Er beugt sich vor, direkt an mein Ohr. „Aber pass gut auf. Ich weiß schon, wie ich das bekomme, was mir zusteht."

Ich sehe ihn an und schweige, wie ich immer schweige. Der Moment zerbricht erst, als sich der Bauer Jenke zu uns stellt. Vielleicht hat er das böse Blut gerochen und will schlichten, vielleicht will er sich nur im Antlitz des schönen Jakob sonnen. Seine Nase ist Rot vom Bier. „Mein Beileid, ihr wackeren Müllersbrüder. Mein Beileid." In der Sekunde als der Bauer Jenke zu uns tritt, setzt Jakob wieder sein Lächeln auf.

„Wie herzlich von dir", sagt Jakob. „Ich weiß dein Beileid zu schätzen."

„Selbstredend! Auch wenn euer Vater mich das ein oder andere Mal übers Ohr gehauen hat."

„Ehre unter Gaunern, pflegte er zu sagen", scherzt Jakob und Bauer Jenke lacht mit.

„Ich wollte natürlich nicht darüber sprechen, was für ein Halunke euer Vater war. Warum ich eigentlich mit dir sprechen wollte, Jakob, ich hab' es endlich wiedergefunden. Ich meine das Buch. Du weißt doch, ich habe gesucht und gesucht und am Ende hat's das schusselige Frauenzimmer verlegt." Er hält meinem Bruder ein Büchlein hin. „Teil eins und zwei in einem Band. Als kleiner Trost gegen die Trauer. Und natürlich, weil ich dir beweisen will, wie Recht ich hab'" Bauer Jenke zwinkert mit seinen verklärten Bier-Augen.

„Goethes Faust!" Jakob lächelt anerkennend. „Das kann ich doch nicht annehmen."

„Und ob, nur weil ich dir zeigen will, dass Tegel eben doch bei Goethe erwähnt wird." Er zeigt auf zwei der Verse auf dem vergilbten Papier:

4

Die Abenddämmerung zieht ein. Das Rotkehlchen ist der letzte Sänger des Abends. Es sitzt selbst im Winter auf der Fensterbank. Sein roter Punkt auf der Brust ist das einzig Farbenfrohe in dem wolkenverhangenen Grau des letzten Tageslichts.

Nur das Flackern des Kerzenlichts kann in seinem zuckenden Tanz meine Schreibstube noch erleuchten. Es wirft Schatten von Monstern an die Wand, die eigentlich nur Gegenstände meines Alltags sind. Das Kerzenlicht verwandelt den Alltag zu Schatten aus Angstgestalten. In der Dunkelheit wird die Freundlichkeit des Tages schnell vergessen. Die Kerzenflamme biegt sich umher und ich bilde mir ein, dass es von einem Luftzug herrührt. Dabei ist das Fenster verschlossen.

Es ist still, nur das Rotkehlchen singt sein Klagelied, von einer vergangenen Liebe und dem schmerzhaft vermissten Frühling. Der Kerzenschimmer tanzt dazu. Er ruckelt, die Flamme zittert. Diesmal spüre ich eindeutig einen Luftzug. Ein Pfeifen von Windstößen hallt durch den Raum und die Kerze erlischt. Ich bin in der Dunkelheit und kann fühlen, dass die kalte Luft durch die Ritzen der Tür dringt.

Dann leuchtet der Türschlitz auf. Jemand hat im Flur Licht gemacht. Ich rufe meine Hausdame. Sie antwortet mit einem unüberhörbaren Schweigen.

Ein Schatten bewegt sich an dem Türspalt, wo doch gerade noch Licht hindurchgefallen ist. Dort wo das Licht die Luft berührt, kann ich Staub emporsteigen sehen. Dort, wo der Schatten liegt, bleibt es schwarz. Der Schatten tritt von einem Fuß auf den anderen. Er ist ungeduldig – zu ungeduldig, um eine Spukerscheinung zu sein.

Ich öffne die Tür. Erst erkenne ich nur das verträumte Licht der Kerzen im Flur. Erst einen Wimpernschlag später, sehe ich, dass ein Kind vor mir steht.

„Dorothea? Dorothea, warum ist da ein Kind in meinem Flur?"

Dorothea, meine Hausdame, antwortet wieder nicht.

Ich sehe auf das Kind herab. Unter seinen Augen haben sich bereits Falten gebildet, seine Haut erinnert mich an den Schnee des letzten Jahres. Das Kind lebt, aber die Augen sehen wie der Tod aus.

„Das Fräulein holt Kuchen aus der Speisekammer."

Ich starre das Kind an.

„Das Fräulein hat mich hineingelassen. Ich sagte ihr ‚Ich habe eine Nachricht für den Herren.' Dann hat sie gesagt: ‚Geh hinauf, der Herr ist in seiner Schreibstube' und ‚In der Kammer ist noch Kuchen. Ich hole dir welchen'" An der Jacke des Kindes ist ein Brandfleck, als hätte jemand seine Pfeife auf ihm ausgekippt. Falten ziehen sich durch sein Gesicht wie durch eine Landkarte. Ich habe das Kind noch nie zuvor gesehen – es muss eines dieser Wichte sein, die im

Sommer und Herbst auf den Feldern helfen und im Winter durch die Dörfer ziehen, um nach Brot zu betteln. „Gnädiger Herr, ich bin nur hier, um eine Nachricht zu überbringen."

„Eine Nachricht? Von wem?"

„Ich darf es nicht sagen, werter Herr. Ich soll nur sagen" Das Kind überlegt. „Euer Schicksal wartet heute um Mitternacht auf euch an der *Dicken Marie*."

Die *Dicke Marie* ist ein knorriger Baum, der schon am Rand unseres Dorfes stand, als unsere Großeltern noch nicht geboren waren. Die *Dicke Marie* steht am Rand von Tegel, wächst jedes Jahr ein bisschen mehr. Liebende treffen sich bei ihr im Schutz der Dunkelheit. Ich meine mich an Geschichten zu erinnern, die von Mund zu Ohr geflüstert wurden. Da sind ferne Gedanken über besorge Eltern, die ihren verliebten Kindern erzählen, ein Geist würde in der *Dicken Marie* hausen. Sie erhofften sich wohl, dass die Schauergeschichten ausreichten, um die verdorbene Jugend davon abzuhalten nachts allein aus dem Haus zu schleichen. Denn die Eltern wissen genau, was ihre Kinder tun, haben sie es doch früher genauso getan.

Das Kind redet weiter: „Ja, das ist es, was ich sagen soll: Euer Schicksal wartet heute um Mitternacht auf euch an der *Dicken Marie*."

In meinem Kopf geht Magdalena durch die Kirche. Sie sieht mich an, ich weiß ihren Blick nicht einzuordnen. War es Hass, Liebe? Oder war es das Wissen, dass unsere Schicksale miteinander verwoben sind. „War es eine Frau, die dich beauftragt hat? Dunkles Haar, schneeweißes Gesicht? In Schwarz gekleidet?"

„Ich soll nur sagen, dass euer Schicksal auf euch um Mitternacht an der *Dicken Marie* wartet." Die Stimme des Kindes ist weit entfernt. Ich weiß nicht, ob das Kind noch dort steht oder nicht. Mein Schicksal, scheint es mir, würde mich in sich hineinziehen und nie wieder herauslassen. Es schlägt sich über mir zusammen wie die Wellen über einen Ertrinkenden. *Das Schicksal wartet auf mich.* Das Kind verschwimmt vor meinen Augen, der Gesang des Rotkehlchens wird lauter.

„Es tut mir ja so schrecklich leid, wir haben keinen Kuchen mehr", ruft meine Hausdame in den Flur hinein.

Stille. Das Rotkehlchen verharrt. Die Welt wird wieder in ihre alten Bahnen gelenkt.

„Aber ich sehe auch gerade, das Kindchen ist ohnehin nicht mehr da."

Ich schaue mich um, verwundert, verblüfft. Das Kind ist tatsächlich nicht mehr da. Mit dem Rufen meiner Hausdame war es verschwunden.

5

Der Nebel wallt auf. Es ist der Nebel, in dem sich stehlende Kinder verstecken, wenn der Winter kommt und es keine Arbeit mehr auf den Feldern gibt. Meine Laterne strahlt in den Nebel hinein. Sie lässt ihn aufleuchten. Aber aufleuchtender Nebel spendet keine Sicht.

Ich laufe den Weg vor der Mühle entlang, verlasse das bestellte Land und wende mich dem Wald zu. Der Nebel kriecht aus den Eingeweiden des Waldes und zieht sich über den Boden wie nach mir greifende Finger. Die Laterne strengt sich an, sie steckt all ihr Können in ihr Licht hinein, doch das Licht bleibt nutzlos. Ich zucke mit den Schultern – ich muss ohnehin nicht sehen können, denn mein Kopf ist voll von Magdalena. Magdalena, wie sie sich zu mir umdreht. Selbst hinter dem Schleier versteckt durchdringt mich ihr Blick. Ich weiß, dass die Nachricht von ihr sein muss. Unsere Schicksale sind miteinander verwoben, das weiß ich nun.

Ich stehe an der *Dicken Marie*, sie wächst dort allein zwischen den Nadelgehölzen. Ihre faltige Rinde erinnert mich an das Gesicht des Bettelkindes. Die Eiche steht dort allein zwischen den Nadelbäumen, genauso allein wie ich hier stehe. Die Nacht umweht mich. Wenn Magdalena das Kind beauftragt haben sollte, ist sie zumindest jetzt nicht hier. Nur die einsame Eiche, die ihre Wurzeln in den Boden drängt, sich in den letzten hundert Jahren nicht bewegt hat und sich auch in den kommenden hundert Jahren nicht bewegen wird.

Ich denke – oder ich bilde mir ein – wieder das Rascheln von Magdalenas Kleid zu hören. Wie es über ihre Beine streicht. In meinem Kopf ziehe ich sie an mich, spüre ihre Haut, wie momentan nur ihr Kleid ihre Haut spüren kann. Eine Gestalt huscht in den letzten Ecken meines Sichtfeldes an mir vorbei. Ich drehe mich um, doch mein Auge vermag es nicht, die Gestalt zu packen. „Ist da jemand?", rufe ich in den Nebel hinein. Es raunt ein Rascheln zurück. In meinem Kopf schaut sich Magdalena unter ihrem schwarzen Schleier nach mir um. Vor meinen Augen vermischen sich Trugbilder und Wirklichkeit. „Magdalena? Bist du hier?"

Die alte Eiche mit der faltigen Rinde ragt über mich hinaus. In jeder Falte der Rinde ist eine Geschichte versteckt, von Liebenden, die sich an dieser Eiche trafen, die sich Worte in die Ohren säuselten und sich ihre Liebe auf dem schroffen Waldboden gestanden. Sie wurden erwachsen, heirateten, bekamen Kinder, verschieden in den Minen und im Kindbett. Sie alle liebten, sie alle sind nun tot.

Ich drücke meine Hand gegen die Stirn. Woher kommen diese düsteren Gedanken? Ehe ich mich wieder fassen kann, kommt ein Geräusch aus dem Nebel.

Wieder ist da das Bild von Fingern, die aus dem Nebel nach mir greifen. Magdalena steht im Nebel und sehnt sich nach meiner Berührung, nach meinen Lippen. Sie führt und ich folge. Sie duftet nach Verlangen und nach Sehnsucht. Oder bin ich es, der danach duftet? Dringt das Verlangen wie Schweiß aus meinen Poren?

Ich will dem Rascheln aus dem Nebel folgen. So kehre ich der Eiche, in der die Geschichten der Liebenden schlafen, meinen Rücken zu. Meine Gedanken strecken sich nach Magdalena aus. Hinter mir fühle ich, wie die Eiche emporwächst, wie sie droht, wie sie ihren Schatten auf mich fallen lässt, wie ein Tyrann schwebt sie hoch über mir.

Etwas fällt. Ist es der Schatten? Etwas landet auf meinem Rücken, etwas saugt sich fest, drückt mich nach unten. Mir wird schwarz vor Augen. Die Welt wankt, sie wabert. Doch bevor ich zu Boden falle, kann ich mich fangen. Die Welt steht wieder still. Nur scheint etwas in mir entfacht worden zu sein. Ein Glimmen, ein Schrei. „Magdalena?", rufe ich in die dicken Nebelschwaden hinein. Schatten wandern. Aber Magdalena sehe ich nicht. Nur in mir das Glimmen.

6

Ein Schrei: „Magdalena?" Ich rufe so laut, dass ich erwache. Mein Atem geht schwer, als würde etwas auf meiner Brust hocken. Ich blinzle in die Dunkelheit hinein.

Ich bin nicht im Wald.

Ich war nie im Wald.

Ich liege in meinem Bett umgeben von schweißnassen Laken.

Der Druck auf meiner Brust wird stärker. Wenn dieses Gewicht mich nicht immer tiefer in mein Federbett drücken würde, würde ich vor Entsetzen quieken. Der Druck auf der Brust kommt mit einer angsterfüllten Erkenntnis: Ich bin nicht allein in meinem Zimmer. Auf meiner Brust hockt der schattenhafte Umriss einer Frau. Eine Dame in schwarzem Kleid und Schleier zeichnet sich im Mondlicht ab.

„Magdalena?" Dieses Mal schreie ich nicht. Es ist ein Seufzer voller gestillter Sehnsucht.

Magdalena legt einen behandschuhten Finger auf meine Lippen. Deutet an, ich solle leise sein. Und tatsächlich: Die Wände sind dünn. Im Nebenraum kann ich Jakobs Schnarchen hören. Sein röchelnder Atem dringt durch die Wände und verhallt in der Nacht. Wenn wir ihn nicht wecken wollen, müssen wir leise sein.

Magdalenas Handschuh fährt über meine Lippen. Das Leder ist glatt und weich. Ich kann mir nur vorstellen, wie ihre nackte Haut sich auf meinen Lippen anfühlen würde. Sie drückt mich nieder und ich lasse mich von ihr niederdrücken. Ihr Körper umarmt mich. Durch meine Nachtkleider hindurch kann ich erahnen, wo ihre Wollsocken noch ihre Beine umschließen, wo die Wollsocken aufhören und wo ihre Körpermitte mich berührt.

Ich weiß nicht, wie Magdalena in mein Zimmer gekommen ist, ich weiß nur, dass unsere Schicksale an der alten Eiche miteinander verschmolzen sind. Mir wird in diesem Augenblick zwischen Mondlicht und Bettlaken bewusst, dass alles, was ich wollte, genau jetzt passiert.

Sie streichelt über meine Brust. Ihre Handschuhe wandern über meine Nachtkleider. Schwarzes Leder über weißes Leinen. Sie beugt sich runter zu mir, ihr Atem streichelt meine Wange. „Was hast du angestellt, mein lieber Benjamin?", flüstert sie. „Ich sollte doch gar nicht hier sein, weißt du?"

Ich will ihr sagen, dass es keinen anderen Ort gibt, an dem sie jetzt sein sollte; außer hier auf meiner Brust in der Umarmung aus Schwermut. Doch etwas hält die Worte in mir fest. Die Worte formen sich in meinem Kopf und bleiben irgendwo zwischen Herz und Kehle stecken.

Ihr Gewicht wandert nun von meiner Brust auf meine Beine, sie lastet auf meinen Knien, drückt meine Kniescheiben zur Seite.

„Ich sollte nun gehen, mein Schöner", sagt sie, bleibt aber auf meinen Knien sitzen.

Die Angst, sie ziehen zu lassen, drückt stärker als die Angst etwas Falsches zu sagen. „Geh nicht", presse ich hervor.

„Ich muss."

„Aber unser Schicksal."

„Es ist nur ein Traum. Du schläfst nur. Nichts von dem ist in der Wirklichkeit. Und schon gar nicht der Glaube, unser Schicksal sei im Guten miteinander verknüpft."

Die Sehnsucht lastet nun schwerer auf mir, als Magdalenas Körper es jemals könnte. Mit aller Kraft, die in mir liegt, wage ich es zu fragen: „Gibst du mir, bevor du gehst, einen Kuss?"

„Nur einen. Aber du wirst ihn wieder vergessen, wenn der Traum vorbei ist." Sie hebt den Schleier, der schwärzer ist als die Nacht. Ihre Augen blitzen auf. Sie sehen aus wie der Nebel im Wald. Ihr Mund öffnet sich, so wie ein Türspalt, durch den man Geheimnisse belauschen kann. Ihre spitzen Zähne schimmern im Mondlicht. Sie beugt sich zu mir herunter. Dabei trägt sie ein solches Selbstbewusstsein in sich, wie es nur Menschen haben können, die in der Nacht, mitten in deiner verletzlichsten Stunde, auf dir sitzen und dich erdrücken.

Bevor sie mir einen Kuss geben kann, stammle ich: „Deine Augen – deine – deine Zähne." Stammeln ist die einzige Ausdrucksweise, die mir noch bleibt. Ich habe keine Angst, dass Magdalena mich verlässt. Ich habe Angst vor Magdalena selbst. Und doch fühle ich zur gleichen Zeit, wie dieselbe Angst mich zu ihr hinzieht.

Ich will nach ihr greifen, doch sie weicht von mir. Sie gleitet vom Bett. Ich steige ihr hinterher, greife nach ihrem Schleier. „Nur ein Kuss, ich vergesse ihn ohnehin wieder.“

„Bettel nicht. Du solltest nicht genießen, was wir hier tun.“

„Genießt du es nicht?“

„Ich genieße es zu sehr.“ Sie schluckt. „Benjamin, warum warst *du* heute Nacht im Wald?“

„Es war ein Traum, mehr war es nicht.“

„Ich *sollte* nicht hier sein. Und doch *muss* ich hier sein.“ Sie wendet sich zur Tür.

„Ist das hier auch nur ein Traum?“

Sie antwortet nicht.

„Magdalena? Ist das hier nur ein Traum?“ Meine Stimme ist heiser, als wäre ich erst jetzt erwacht. Meine Zuneigung zu Magdalena und meine Angst vor ihr prallen in mir aufeinander. Zuneigung und Angst vermengen sich. In mir fühle ich wieder dieses Glimmen. Ich kann dieses Brodeln in mir nicht einordnen. Ist es nun Angst oder ist es Liebe, was da in mir wächst? Das Gemisch aus Unerklärlichem baut sich schnell und rasend auf. Meine Emotionen wollen sich nicht ineinanderfügen, also werden sie zu Wut.

Die Wut kocht über. Meine Sicht verschließt sich. Ist es Magdalena, die ich dort sehe, verschwommen durch meine Augen voller Schlaf? Oder ist es Jakob, der in seinem Neid versunken im Türrahmen steht?

7

Eine wohlbekannte Stimme hallt durch den Raum. „Mit wem hast du dich unterhalten?" Jakob muss wach geworden sein und steht nun in der Tür.

„Ich habe mich mit niemandem unterhalten."

„Doch, du hast mit jemandem Gesprochen. Ich habe gehört, wie du nach Magdalena gerufen hast." Er trägt Erheiterung in seiner Stimme. „Hast du von Magdalena geträumt? Hast du deiner rechten Hand gezeigt, was für ein starkes Mannsbild in dir wohnt?" Er prustet vor Lachen. Mir wird schmerzlich bewusst, dass Magdalena sich nie in meiner Schlafstube aufgehalten hat. Die ganze Zeit über hat Jakob dort gestanden. Ich setze mich auf die Bettkante, reibe mit Zeigefinger und Daumen an meinem Nasenbein.

Jakobs Lachen stoppt abrupt. Seine Stimme klingt plötzlich hell und freundlich. Fast, als sei er tatsächlich interessiert. „Hast du dich in deinem Traum an der alten Eiche umhergetrieben?" Nein, da ist kein Spott in seiner Stimme.

„Wie bitte? – Woher?"

„Sag's schon. Warst du heute Nacht dort?"

„Das ist kein Spaß mehr! Woher weißt du, dass ich heute Nacht dort war?"

„Ich weiß es ja gar nicht. Aber so wie du dich ausdrückst, musst du wohl dort gewesen sein."

„Ja, Herr Gott, ich war bei der Eiche. Aber nur im Traum. Wie kannst du davon wissen? Habe ich im

Schlaf gesprochen? Hast du mich beobachtet wie ein Lüstling? Deinen eigenen Bruder?"

Jakob gluckst als Antwort und erwidert: „Lass mich dich ansehen." Er reißt mit einem Schwefelholz am Türrahmen. Das Zimmer wird in das bekannte Gelb des Feuers getaucht. Schwarze Schatten, gelbes Licht, das an der Oberfläche meines Gesichts kratz.

„Du siehst mitgenommen aus. Fahrig. Dann ist er also schon hier." Ich schlage gegen seine Hand, die mir das Schwefelholz ins Gesicht hält. „Verdammt, fahr zu Hölle mit deinen geheimnisvollen Nachrichten! Natürlich bin ich fahrig, wenn mein eigener Bruder mich in der Nacht beobachtet."

„Sicher, ich gehe gleich wieder schlafen. Leg dich auch hin. Schlaf ein letztes Mal in Frieden, denn jetzt wird sich alles ändern, Benjamin." Er lacht wieder, diesmal nicht vor Belustigung. Diesmal ist pure Bosheit in seiner Stimme. „Dass du von Träumen heimgesucht wirst, ist der natürliche Lauf der Dinge. Sieh die kommenden angsterfüllten Nächte einfach als Naturgesetz. Aber dass du in deine Träume ausgerechnet die kleine Magdalena einbaust, verwundert mich."

Mir ist bewusst, dass es der Neid ist, der da aus Jakob spricht. Er macht Witze aus seinem inneren Konflikt. Ich will ihm sagen, dass es keinen Konflikt gibt. Für Jakob liegt es nahe, dass es einen geben müsste. Er sieht zwei Brüder, der eine schuftet sich den Rücken kaputt, während der andere die Mühle erbt. Dennoch ist hier kein Konflikt gegeben. Der Ältere erbt immer die Mühle. Es ist klar geregelt, deutlich definiert. Ein Konflikt kann nicht entstehen, wenn wir uns an Regeln halten, die uns auferlegt wurden. Konflikte entstehen, wenn jemand die Entscheidungsmacht hat. Nur können weder Jakob noch ich entscheiden. Wir können uns nur unserem Schicksal fügen. Das alles will ich sagen, doch ich bleibe stumm.

Jakob verlässt nicht meine Schlafstube. Stattdessen scherzt er weiter über mich. „Träumt er von Magdalena. Der heiligen Jungfrau Magdalena. Ich habe gehört, sie legt sich für dich hin, wenn du ihr nur eine hübsche Blume mitbringst."

Das Glimmen kommt wieder. *Es ist nur der Neid*, sage ich mir. Jedoch helfen meine milden Gedanken nicht, mich ruhig zu stimmen.

„Ich habe gehört, du kannst an ihr Fenster klopfen und sie schaut nicht einmal nach, wer dort steht, sie macht einfach auf und legt sich hin, für jeden, der da kommen mag."

Es brodelt. Es schäumt.

„Sie hat Glück, dass ihre Mutter genau so eine Hure ist. Wenn das meine Tochter wäre, ich hätte sie schon längst vom Hof gejagt. So eine Schande ist sie für ganz Tegel."

Mein Kiefer mahlt.

„Nun bin ich ja schon wach. Vielleicht sollte ich mal nachsehen gehen, was dran ist an den Gerüchten."

Mein Nacken knackt.

„Ich bin mir sicher, sie sehnt sich nach ein paar starken Armen. Aber dass ausgerechnet du dir

Hoffnungen bei ihr machst? Sogar Magdalena weiß, dass du ein fauler Nichtsnutz bist, der sich hinter seinen Zetteln versteckt und hübschen Frauen hinterher gafft. Nicht einmal die heilige Jungfrau Magdalena würde für dich die Beine spreizen."

Es ist der Tropfen, der das Fass zum Überlaufen bringt. Ich bin wütend, ich bin ein Sturm, der den Wald verbrennt. Ich stelle mir vor, wie ich den Kerzenhalter packe, das Metall ist kühl, die Verzierungen schneiden in meine Haut. Ich stelle mir vor, wie ich den Kerzenhalter durch die Luft fahren lasse. Ich stelle mir vor, wie ich den Luftzug an meinem Ohr spüre. Ich stelle mir vor, wie der Kerzenhalter auf Jakobs Schädel einschlägt, wie die Knochen meines Bruders zermahlt werden. Das eine Auge verquollen vom Schlag, das andere reglos in die Luft starrend. Die Wut kocht über. Das Schwefelholz erlischt. Heute Nacht würde die Mühle mahlen.

Kapitel 2
WUT

1

Ich liege wieder wach in meinem Bett. Ein wiederkehrendes Bild. Die letzten Erinnerungen verhallen in Nebel. Aber es ist doch allen Teilnehmenden bewusst, dass nicht ich es war, der träumte – wenn ich „alle Teilnehmenden" schreibe meine ich nicht nur mich, sondern natürlich auch dich, liebe lesende Person. Wenn du gerade das hier liest, ob in deinem Bett oder auf deinem Sofa oder in einer klappernden Bahn, die dich zu deinem nächsten Ziel bringen soll, so sind es doch nicht meine Gedanken, die hier festgehalten sind. Denn sowohl du als auch ich sowie die Person, die in der Bahn neben dir sitzt und heimlich mitliest, wissen doch, dass nicht ich es bin, der von seinen Träumen berichtet. Es ist selbstredend die Autorin, die ihre Gedanken auf eine Reise schickt und ihre Finger nun emsig in die Tasten ihres Computers schlagen lässt.

Jaja, was für ein Riss in der Geschichte. Ich hoffe, du willst mir nicht weiß machen, dass du wirklich vergessen hast, du würdest in deinem Bett oder in der Bahn sitzen. Aber dir ist doch bewusst, dass ich nie diese Träume hatte. Es sind nicht meine düsteren

Gedanken. Es sind mir fremde Gefühle, die in diesem Text eine Form erhalten, damit die Schreiberin nicht selbst überwältigt wird von ihrer schieren Masse an Empfindungen.

Wenn sich in der Autorin genügend Ängste aufgebaut haben und sich mit ausreichend Wut vermengen, dann träume ich. Dann suchen mich Schatten in meinem Geist heim. Dann werde ich selbst ein Schatten.

Die Autorin stülpt ihre Frustration nach Außen, sie fließt aus ihr heraus und überschwemmt mich, während ich wehrlos im Bett liege. Die Autorin und ich verschmelzen zu einer Person. Der Erzähler wird zur Autorin. Oder genauer: Es gibt keinen Erzähler und kein lyrisches Ich. Es gibt die Autorin und es gibt dich.

Und es gibt meinen Körper, der schweißnass im trüben Mondlicht glänzt, das seine stummen Strahlen durch mein Fenster zu schicken sucht. Silberglanz und Schwarz sind die Farben, die ich zu sehen vermag. Der Mond hat wie in jeder Vollmondnacht seine Augen und seinen Mund weit aufgesperrt. Seine Augen weiten sich, sein Rachen wird größer. Als schreie er in die Nacht hinein und alles, was auf der Erde ankommt, ist erdrückende Stille.

Dieses Gefühl von Aussichtslosigkeit presst sich auf mich. Ich befühle mein Gesicht, meine Haut. Jedes Körperteil ist noch dort, wo er zuvor gewesen ist. Nur die Hände scheinen nicht wie sonst zu sein. Sie sind verklebt, ja, sie kleben sogar mehr, als es verschwitze Hände für gewöhnlich tun. Im faden Mondschein sehen sie dunkler aus als meine hellen Unterarme. Beim Entzünden der Kerze, wird mir erst bewusst, wie sehr sie zittern. Angstschweiß und Zittrigkeit vermengen sich. Das Schwefelholz will sich erst nicht entfachen lassen. Doch als die Kerze endlich brennt, mischt sich das Silbergrau des Mondes und das tiefe Schwarz der Nacht mit einer anderen Farbe: Rot. Meine Hände sind blutverschmiert. Das Blut ist noch nicht braun geworden.

Etwas schlingt sich um meine Brust, es ist, als würden sich Eisenketten um meine Lungen schließen. Ich will das Gefühl von mir abstreifen, doch mir wird nur allzu sehr bewusst, dass die einzige Möglichkeit, meine Gefühle zu verlieren, sterben ist. Ich weiß nicht, warum ich traurig bin. Ich weiß nicht, was passiert. Denn ich bin nur eine künstliche Figur, aus toten Buchstaben auf toten Seiten.

Ich schreie in den Mond hinein, der mir mit seinem stummen Schrei antwortet. Wut ist einfacher zu fühlen als Trauer. Lieber jemand anderem die Schuld für meine Gefühle geben und wütend auf die Autorin sein, als in meiner selbstverschuldeten Traurigkeit zu versinken.

2

Ich trete gegen einen Stein. Er springt über die Straße und macht ein hartes Geräusch jedes Mal, wenn er den Boden berührt. Meine Gedanken springen ihm nach. Harte Gedanken. Als ich den Stein einhole, trete ich erneut gegen ihn. Fester. Er rollt weiter als beim ersten Mal. Er hüpft wie im Tanz über das

Kopfsteinpflaster. Er ist eine Ballerina im Theater. Eine von den zerbrechlichen, die ich bewundern, aber nicht berühren kann.

Ich bin mir sicher, dass sie sich nach ein paar starken Armen sehnt.

Ohne Vorwarnung überkommt es mich. In dem Moment als der Stein in seinen Tanzbewegungen springt, ergießt sich eine Welle aus Hass über mir. Es ist ein Zorn, den ich auf jede Frau verspüre, die jemals getanzt hat.

Aber dass du dir Hoffnungen bei ihr machst? Sogar Magdalena weiß, dass du ein fauler Nichtsnutz bist, der sich hinter seinen Zetteln versteckt und hübschen Frauen hinterher gafft.

Ich trete den Stein mit aller Wucht und weil es nicht ausreicht, nur den Stein zu treten, trete ich gegen die Wand eines der Fachwerkhäuser. Ich trete, mein Fuß schmerzt.

Nicht einmal die heilige Jungfrau Magdalena würde für dich die Beine spreizen.

Ich trete. Ich stöhne. Ich trete.

„Das sieht nicht danach aus, als hättet Ihr einen schönen Tag." Jemand steht hinter mir und als ich mich umdrehe, schießt mir die Röte ins Gesicht. Magdalena trägt ihr schwarzes Kleid. Ihr Korsett ist viel zu eng geschnürt. Vielleicht isst sie zu wenig. Vielleicht genießt sie es, wenn ihr die Luft abgeschnürt wird und ihr die Haifischknochen in das Fleisch schneiden.

Ich unterbreche meinen Wutanfall und versuche den Zorn in mich hineinzufressen – so wie es Jakob immer tut.

„Einen Müller sieht man ja nicht alle Tage bei uns im Dorf. Müsst ihr nicht in eurer Kammer sitzen und Papiere gegenzeichnen?"

Ich sage zunächst nichts. Meine Augen sind geweitet. Ich muss aussehen, wie ein Reh vor der Flinte eines Jägers.

„Ich freue mich in jedem Fall euch zu sehen, was treibt euch denn nach Tegel?"

„Ich muss mit Bauer Jenke sprechen", stoße ich mit aller Mühe hervor. Bauer Jenke, wenn er denn den Titel „Bauer" verdient, ist ein Großgrundbesitzer. Er selbst geht nicht auf sein Feld. Das lässt er seine Knechte für sich tun. Er ist wie ich, er waltet, er entscheidet. Manchmal zieht er dabei den Müller über den Tisch, manchmal lässt er sich vom Müller über den Tisch ziehen.

„Ich verstehe", sagt Magdalena. „Dann seid ihr geschäftlich hier im Dorf und nicht zum *Vergnügen*?"

Ich nickte.

„Es freut mich, euch bei bester Gesundheit zu sehen! Ich möchte die Gunst der Stunde nutzen und mein herzliches Beileid aussprechen. Ihr Vater war doch ein fabelhafter Müller. Uns ging es gut hier in Tegel mit ihm."

Ich sage nichts.

„Ach, Benjamin, ich werde nicht schlau aus euch. Hat es euch wieder die Sprache verschlagen? Wegen ein paar freundlicher Worte über Euren Vater?" Sie lacht. Es ist ein zauberhaftes Lachen. „Aber dann muss ich wohl das Gespräch anleiten. Was könnte ich denn sagen? Mal sehen, ah, ich will nicht indiskret sein – aber was hat euch so fürchterlich wütend gemacht?“

„Ich – es ist nur – “ Ich weiß nicht mehr, warum ich so wütend gewesen bin. Es war ein Grund, der mich noch nie wütend gemacht hat. Die Wut war nur plötzlich da gewesen und musste raus.

„Wieder keine Antwort? Das macht nichts. Ihr müsst schließlich vorsichtig sein! Ich habe gehört, dass jeder Mensch nur eine bestimmte Anzahl an Worten hat. Wenn ihr zu viele davon sagt, werden sie aufgebraucht und dann könnt ihr gar nichts mehr sagen.“ Sie zwinkert mir mit einem Aufschlag ihrer langen Wimpern zu.

Mein Atem wird schneller. Mein Herz rast. Ist das die gleiche Magdalena, die im Nebel auf mich gelauert hat, nur um dann in dem Grau zu verschwinden? Ist es die gleiche Magdalena, an die ich mich erinnere, als wäre sie ein längst vergessener Albtraum?

Es rumort in mir und ich schaffe zu sagen: „Mit Verlaub, ich will auch nicht indiskret sein, aber nun muss ich es doch werden: Seid ihr vergangene Nacht an der *Dicken Marie* umhergeschlichen? Oder habe ich das alles nur geträumt?“

Magdalenas Augen verengen sich. Ich beobachte ihr Gesicht, versuche zu deuten, was ihre verengten Augen heißen mögen. Ist es ein unschuldiges Nachdenken? Ist es Wut auf einen unberechtigten

Vorwurf? Oder ist es das genaue Gegenteil: Wut auf einen berechtigten Vorwurf?

„Ich fürchte, ihr verwechselt mich", sagt sie langsam. „Erinnert ihr euch auch daran, mich woanders gesehen zu haben?"

„Woanders? Nein, aber wart nicht ihr es, die mir diese Nachricht schickte? Ich dachte – ?" Ich stocke, während ich rede und schaue nur auf Magdalena: Sie beißt sich auf die Lippen. Ihre Lippen werden dunkelrot. Ich sehe wieder, wie sie durch die Kirche geht, mit wissendem Blick, mit Selbstachtung. Während ich es in meinem Kopf sehe, sehe ich, wie sie in der Wirklichkeit ihre Lippen zerbeißt. Die Durchblutung wird angeregt. Ich stelle mir vor, wie ich an ihren Lippen hänge und sie zerbeiße.

Ich will sie packen und sie an mich ziehen, gleichzeitig weiß ich, dass ich das nie tun würde. Dass da immer diese unsichtbare Hand auf meiner Schulter liegt, die mich zurückhält. Die mir den Mund verschließt, wenn ich reden will. Die mich festhält, wenn ich jemandem näher kommen möchte.

Magdalena beendet ihren Gedankengang. Sie hört auf, ihre Lippen zu zerbeißen. „Habt ihr mich nun an einem anderen Ort als der alten Eiche gesehen?"

Ihr Blick ist nicht bohrend. Er ist fragend. Er ist sehnsüchtig.

„Ich weiß nicht, wen ich gesehen habe. Ich dachte, ihr wart es, die nachts durch den Wald geschlichen ist. Doch es muss ein Traum gewesen sein."

Magdalena lacht und ich frage mich, ob es das Lachen einer Frau ist, die etwas zu verstecken versucht.

„Gewiss war es ein Traum. Einer, der mir schmeichelt. Allerdings habe ich in der Nacht wie all die braven Mädchen geschlafen."

Ihr Blick wird wissend. Ihre Stimme wird leise. Ihr Mundwinkel zuckt nach oben. „Oder wünscht ihr euch, ich würde nachts allein durch den Wald schleichen?"

Sie tritt näher an mich heran. Sie flüstert in mein Ohr: „Ich weiß doch, was die Herren in Tegel über mich sagen, dass ich ein leichtes Mädchen bin und jeden hineinlasse, der nur an mein Fenster klopft. Ich weiß auch, was du denkst, wenn du mich ansiehst. Und denk nicht, dass es mir gefällt. Aber es ist die Rolle, die mir gegeben wurde und diese Rolle versuche ich nun bestmöglich zu spielen."

„Wie meint ihr das?"

„Das ist meine Rolle hier in Tegel." Ihr Flüstern wird zu einem Fauchen. „Die hübsche, selbstbewusste zu fickende Hure. Ich habe nichts, keine Ängste, keine Träume, nur meinen hübschen Körper."

Sie geht einen Schritt zurück und plötzlich ist sie wieder die brave Jungfrau Magdalena. Ihr Kreuz ist gerade, der Blick gesenkt. „Ich wünsche euch einen schönen Tag, Benjamin. Grüßt mir euren Bruder Jakob."

Ich nicke ihr zu, tue so, als hätte ihr Flüstern und Fauchen nicht gehört.

Magdalena geht davon, damenhaft, engelsgleich. Mein Herz rast weiter. Mein Kopf versucht die Erinnerungen an das Gesagte zu ordnen. Es bleiben

Fragen übrig, die sich in mein Fleisch schneiden und zu offenen Wunden werden:

Warum hat die Jungfrau Magdalena auf der Beerdigung geweint?

Wen habe ich an der Eiche im Tegeler Forst gesehen? Habe ich geträumt oder war ich wach?

Und warum drückt Magdalena ihren Finger in ihre Wunden und bezeichnet sich selbst als Hure? War es eine Einladung? Eine Warnung?

Ich hätte meine Gedanken an Magdalena als alberne Verliebtheit abgetan. Ich als kleiner Träumer, der in der Nacht hübsche Frauen durch den Nebel schleichen sieht. Doch es ist keine alberne Verliebtheit. Denn woher kommt sonst das Verlangen, Magdalena an mich heranzuziehen, beim Küssen ihre Lippen zu zerbeißen, ihre Wangen zu streicheln, nur um ihre Haut dann zu zerreißen. Ich will ihre Haare packen, und solange an ihnen zerren, bis sich ihre Kopfhaut ablöst.

3

Die Stunden verfliegen und ehe ich mich so recht entsinnen kann, wo der Tag geblieben ist, bricht die Nacht über mich herein.

Sie liegt schwer in meinem Magen. Sie tritt aus mir heraus wie kalter Angstschweiß, während ich wieder von Albträumen heimgesucht werde. Das Kind wandert durch meine Hirnrinde. Es verlangt nach Kuchen. Es schmiert sich die Krümel ins Gesicht, in seine Augäpfel. Es schreit. Jakob taumelt durch den Raum, es ist die Mühle. Er kann nichts sehen, weil sein

Gesicht blutüberströmt ist. Er stolpert und fällt zwischen die Mühlensteine. Ich schreie. Jemand legt einen nassen Lappen auf meine Stirn. Graues Schmutzwasser und graue Morgendämmerung, die sich durch die Ritzen der Fensterläden zwängt.

„Herr Doktor! Herr Doktor, er wird wach!"

„Gute Neuigkeiten! Sein Fieber scheint auch abzuklingen. Benjamin, wie könnt ihr euch glücklich schätzen, eine so herzliche Hausdame zu haben. Sie hat ihr Bett wie eine Löwin bewacht."

„Ach, was hättet Ihr denn gemacht, wenn eurer gnädiger Herr plötzlich so krank geworden wäre."

„Na, ich hätte mir einen neuen Herren gesucht."

Ein Lachen ertönt. Die Stimmen sprechen noch miteinander auf eine freundliche Art zueinander, herablassend mir gegenüber.

„Seid doch still!", keuchte ich. Es sind die ersten Worte, die ich sage.

„Oh, Ihr könnt wieder sprechen. Mein Herz geht auf." Meine Hausdame Dorothea ist erfreut. Ich keuche, als würde ich zum ersten Mal in meinem Leben Luft atmen.

„Bleibt ganz ruhig. Drei Tage wart ihr nun im Delirium. Wir hatten Angst, ihr würdet nicht mehr erwachen", erklärt mir der Doktor im dunklen Gehrock, mit einer ledernen Tasche ausgestattet.

„Was ist passiert?", stöhne ich. Dorothea antwortet etwas, ich sei am Abend nach meinem Treffen mit Bauer Jenke einfach umgekippt. Sie erzählt etwas davon, dass sie einen Doktor aus Berlin habe kommen lassen.

„Und wo ist Jakob?" Meine Augen drohen wieder zuzufallen.

„Ich habe ihn seit drei Tagen nicht gesehen."

Ich bin nicht mehr benommen, ich bin wach, ganz wach: „Wo ist Jakob?"

„Ich weiß es nicht!", sagt die Hausdame.

„Wie kannst du das nicht wissen? Wozu bist du denn dann gut? Wofür lass' ich dich denn hier arbeiten?"

Der Doktor wendet mit seiner ruhigen Stimme ein: „Nun, ich nehme an, der Herr ist noch in seinem Fiebertraum. Sonst würde er sicherlich nicht so sprechen."

Dorothea spitzt die Lippen: „Ich hoffe doch! Was stehe ich denn hier Tag und Nacht neben diesem Bett und wechsle die Wadenwickel, nur um mir dann anzuhören, ich hätte doch den Jakob suchen sollen."

Ich reiße den nassen Waschlappen von meiner Stirn. „Was steht ihr beiden denn noch hier so herum? Geht nach Jakob suchen!"

Dorothea atmet scharf aus: „Es wird wohl noch der Fiebertraum sein. Ich bin zu erleichtert, als dass ich böse sein könnte. Ich werde nach Herrn Jakob schauen. Ich bin mir sicher, dass euer Bruder freundlichere Worte für mich übrig hat." Dorothea und der Doktor bewegen sich schon zur Tür. Dorotheas Röcke flattern. Mit Sicherheit wird Jakob freundlichere Worte übrig haben. Er wird es wissen, die Hausdame zu umgarnen. In meiner Netzhaut spiegelt sich mein Bruder, der den Menschen im Gasthof auf die Schulter klopft. Er lacht über einen Witz, den die

Schankmagd macht. Er zwinkert und kontert mit einem noch viel lachhafteren Witz. Ich verstehe nicht, was er sagt, die Geräuschkulisse in dem Gasthof ist zu laut. Doch ich weiß genau, dass es ein Witz auf meine Kosten war. Perfekter Jakob, freundlicher Jakob.

„Dann scher dich doch zum Teufel mit Jakob!" Ich greife irgendwas, was neben meinem Bett steht. Ein Krug mit Wasser. Er fliegt, trifft den Türrahmen, zerschellt. Das Wasser breitet sich auf dem Boden aus. Versinkt. Es sinkt immer tiefer, versickert wie Erinnerungen. Wie ein Zeuge meiner Vergangenheit.

Dorothea, die schon im Flur steht, quiekt auf. „Wenn ihr euch ausgeruht habt, seid ihr hoffentlich wieder bei Sinnen." Ich höre noch, wie sie zum Doktor sagt: „Er ist doch viel zu kräftig, um seit drei Tagen mit Fieber im Bett zu liegen. Ohrfeigen sollte man ihn. Dann schlägt man die Krankheit hoffentlich aus ihm raus."

Ich verschränke die Arme und drücke mich in meine Kissen. Verfluchte Hausdame.

4

Das Fieber verschwindet von einem Tag zum anderen, es muss eine starke, aber dafür kurze Influenza gewesen sein. Auch ohne die Wadenwickel und mit Wasser getränkten Lappen auf der Stirn bin ich im Laufe des Tages wieder auf den Beinen. Es fällt mir leicht, die angestaute Wut auf Dorothea auszulagern, die sich wie eine Mutter geduldig um mich gesorgt hatte, bis sie es dann nicht mehr tat. Sie bringt mir kein Frühstück mehr. Der Kaffee und der Mittagsimbiss blieben ebenfalls aus.

Ich bin in meine Unterlagen vertieft in meiner Schreibstube. Die Mühle mahlt das Mehl und mein Federkiel schreibt Tintenwörter auf Papier.

An der Tür klopft es. Aus meinen Gedanken gerissen denke ich kurz, es sei dieses schaurige Kind, das mich in den Wald geschickt hat. Stattdessen erwartet mich einer der Mühlburschen. Unter seinen Fingernägeln hat sich Mehl gesammelt. Seine Stiefel hinterlassen weiße Spuren auf dem Boden. Mir fällt sein Name nicht ein, doch er interessiert mich auch nicht.

„Was willst du?", fahre ich ihn an.

„Ich wollte nicht stören, Herr."

„Nun, du störst. Was willst du hier? Hat dich meine Hausdame hereingelassen?" Streng genommen sind die Wassermühle und mein Wohnbereich das gleiche Haus. Wer in die Mühle kommt, kommt auch in meine Schreibstube. Der Bursche braucht die Hausdame nicht, um in meine Räume zu gelangen. Doch wenn die Wut zu brodeln beginnt, interessieren mich solche Feinheiten nicht. „Wo ist sie überhaupt? Sie muss aufhören, ständig irgendwelches Pack über meine Schwelle zu bringen."

„Herr, sie ist nicht hier. Ich habe sie heute Morgen die Mühle verlassen sehen. Ich meinte ‚Gnädige Frau, sie gehören doch zum Herrn' und sie sagte ‚Nun, er ist nicht mehr mein Herr. Die Wirtsleute suchen eine Kammerdame für ihre Tochter.' Und ich sagte: ‚Der Herr wird unglücklich sein' und sie sagte …" Er stockt.

„Was sagte sie?"

„Nun, darum bin ich nicht hier."

„Willst du mich für dumm verkaufen? Na los, was hat das alte Weib gesagt?"

„Nichts hat sie gesagt."

Der Knecht sieht aus, als hätte ich ihm ins Gesicht geschlagen. Er hält seine Mütze in den weiß gepuderten Händen. Mit den großen Augen eines Hundewelpen schaut er mich an. Er sagt: „Herr, bitte, sie hat nichts gesagt."

Ich vergrabe meinen Zorn auf ihn und das dumme Weibsbild in meinen Gedanken.

„Ich bin nur hier, Herr, weil der Jakob – er ist seit drei, nein jetzt schon vier Tagen nicht in der Mühle gewesen." Meine Wut ebbt ab. Ein anderes Gefühl breitet sich aus: Eine Frage, die sich um mein Herz zu winden schien, seitdem der Doktor und die Hausdame mein Zimmer verlassen haben: Wo ist Jakob? Der Jakob, den ich als meinen Bruder hasse und dennoch liebe.

„Jakob kennt die Wassermühle auswendig. Ohne den Müllermeister wissen wir nicht, wie wir arbeiten sollen. Etwas hat die Mechanik beschädigt und nur Jakob weiß, wie das Gewinde zu richten ist. Es läuft aus dem Ruder. Wir brauchen unseren Mühlmeister."

„Ich bin der Mühlmeister!"

„Selbstverständlich, Herr, doch Jakob muss das Gewinde richten."

„Dann sucht doch nach eurem Jakob. Sucht doch nach dem Gesellen. Dann schwärmt doch aus!"

„Wie bitte?"

„Du hast verstanden. Geht nach Tegel und holt euch jeden Mann und jede Frau, die noch halbwegs laufen kann. Schwärmt aus und sucht nach Jakob."

„Und das Korn?"

„Und das Korn? Mein Bruder ist verschwunden. Das ganze Dorf vergöttert ihn. Kein Bauer weit und breit wird euch Korn bringen, während wir auf der Suche nach Jakob sind."

Der Knecht verbeugt sich. Seine Hände umklammern weiterhin seine Mütze. Die Mütze stäubt Mehl über meinen Boden. Er schließt die Tür hinter sich und ich versinke in mir. Ich sacke zusammen. Wo ist mein Bruder? Und noch viel wichtiger: Wo bin ich? Meine Feinfühligkeit, meine Zurücknahme, erst den Moment zu Betrachten und still in mich aufzunehmen, war abhandengekommen. Ich betrauere meinen verlorenen Bruder und mein verlorenes selbst. Ich verliere den Halt, rutsche ab und falle in die Tiefe.

Es folgen Tage voll Zorn. Die Wut keimt auf, wann immer ich es nicht gebrauchen kann. Ich bin fahrig. Meine Hausdame Dorothea lässt mir eine Nachricht zukommen: Sie habe eine Anstellung in Tegel gefunden. Sie verlässt wie eine verräterische Ratte das Schiff und lässt mich in meiner Wut ertrinken.

5

In Dörfern – weit weg von den aufklärerischen Städten – gibt es immer diesen einen Menschen, über den hinter vorgehaltener Hand gesprochen wird. Über ihn wird geflüstert oder ein heimlicher Blick ausgetauscht. Hatten die verängstigten Glaubensbrüder der letzten Jahrhunderte solche Menschen noch als Hexe verbrannt, gehen wir modernen Leute heute bei Nacht und Nebel zu ihnen. Wir gehen heimlich zu diesen Menschen, damit ja keiner auf die Idee kommen könnte, unser wacher aufgeklärter Verstand bräuchte Aberglauben, um zu heilen.

In Tegel ist ein solcher Mensch der Bader. Tagsüber stutzt er deinen Bart, lässt dir heißes Wasser über den Körper laufen oder säubert deine Wunden. Doch wenn der Nebel durch die Straßen kriecht und die Nacht heraufzieht, dann will man nicht von ihm verarztet werden. Dann sucht man den Rat gegen dunkle Flüche und verbotenes Hexenwerk.

Der Bader ist ein sauberes Mannsbild. Er ist groß, mit Schultern wie ein Stier, von seiner Arbeit, als er noch selbst Knecht war. Doch nun ist er der Meister und seine Knechte schüren das Feuer, hacken das Holz und holen das Wasser.

„Benjamin?", seine Stimme hat die Rauheit eines Bären und zur gleichen Zeit die Güte einer milchgebenden Kuh. „Welch Unheil führt dich denn in unser Dorf hinein? Müsstest du nicht bei Kerzenschein über deinen Papieren sitzen? Vielleicht ein wenig Mehl von einer gutgläubigen Magd stibitzen?" Er zwinkert mir zu. In dem Moment zuckt etwas durch mich hindurch, und ich würde dem Kerl am liebsten den Schädel einschlagen. Einen tiefen Atemzug später schäme ich mich über dieses Verlangen. Ich sacke auf einem Schemel zusammen.

„So schlimm sieht es mit dir aus?", fragt der Mann mit der sanften Bärenstimme. Es ist eine Stimme, der ich mich öffnen kann. Ich finde meine Worte, auch wenn ich doch so oft meine Worte verliere: „Es ist grausam. Ich verliere mich. Es fühlt sich an, als würde sich eine Kälte um mein Herz legen. Seit dem Tod meines Vaters ist mir abwechselnd heiß und kalt. Ich hasse. Und ich will verletzten. Etwas bohrt sich durch meinen Kopf und verwandelt meine Gedanken in das krampfhafte Zucken meiner Glieder." Die unsichtbaren Fesseln, die mich sonst nicht reden lassen, sind gelöst. Ich spreche und spreche. „Ich bin nicht mehr ich selbst. Ich bin voller Hass."

Bevor ich mit meinem Redeschwall fortfahren kann, sehe ich wieder Magdalena vor mir. Wie sie durch die Kirche geht, ihre Schritte über den Kirchenboden wandeln. Ihr schwarzer Schleier vor dem Gesicht. Doch diesmal sehe ich durch die feinen Löcher ihres Schleiers keine Tränen in ihren Augen. Diesmal lächelt sie mich Boshaft an, mit Triumph im Gesicht und Hass im Herzen.

„Wach bleiben, Benjamin!", sagt der Bader. Dann rutsche ich vom Schemel. Die Stierarme des Baders fangen meine zerbrochene Seele auf. Er rüttelt an mir, ich keuche: „Es ist, als hätte sich ein Dämon in meine Seele gefressen."

„Was meinst du damit? Bist du wütend oder hast du Angst?"

„Wütend. Die Wut zerfrisst mich. Ich habe diesen Drang in mir."

„Welcher Drang?"

Ich schlucke. Ich muss ihm sagen, was in mir ist. Dieses Drücken, dieses Zerren, dass mich dazu verführen will, meine Mitmenschen zu verletzen. Doch ich sage nur: „Da ist ein böser Geist in mir!"

„Was du erzählst, klingt nach Leid und es klingt nach Schmerz. Es wird dir nicht gefallen, was ich jetzt sage: Es ist kein Geist, der deine Seele frisst, lieber Müllermeister."

„Nein, hör zu. Etwas ist in mir, es nimmt jeden Tag mehr Platz in mir ein."

„Du hast Fieber. Leg dich hier rüber" Er stützt mich und hilft mir mich niederzulegen.

„Das ist kein gewöhnliches Fieber", versuche ich ihm zu erklären. „Das ist ein Zauber oder böser Geist."

„Es ist kein gewöhnliches Fieber, nein. Ich sehe es doch in deinem Blick und ich höre es an deinen Worten. Es ist ein Geist, aber keiner aus den Ammenmärchen. Du bist nur hysterisch."

„Hysterisch? Das ist eine Weiberkrankheit!"

Der Bader lacht: „Was denkst du, wie viele gestandene Mannsbilder hier schon weinend zusammengebrochen sind. Das ist kein Dämon, das ist eine Hysterie. Nichts, was sich nicht mit viel Ruhe, Fürsorge und Zeit richten ließe." Er versucht liebevoll zu sein, doch er nimmt mich nicht ernst. Ich packe ihn an seinem Kragen, bin aber viel zu schwach, als dass meine jämmerlich daliegende Gestalt eine Bedrohung für den ausgewachsenen Stier darstellen könnte.

„Es ist kein Fehler in meiner Seele. Das ist ein Dämon, der mich zu verschlingen sucht. Bist nun ein Bader oder einer dieser verkopften Doktoren?"

„Fein, fein", sagt der Bader sichtlich unbeeindruckt von meinen Drohgebärden. „Nehmen wir einmal an, deine Seele wird von etwas heimgesucht. Dann kann ich dir nicht einfach so helfen. Dann muss ich wissen, was dich da am Auffressen ist."

„Ich weiß nicht, was es ist! Verdammt, ich sagte es bereits." Meine Stimme ist kräftig, mein Körper schwach.

„Ruhig Blut, du bleibst hier und wenn es dir besser geht, musst du herausfinden, was da in dir ist. Warst du in Berlin und hast die weiße Frau gesehen oder hat dir einer der Bauern einen bösen Blick zugeworfen?" Der Bader lacht über seinen eigenen Witz. Weiß er doch, dass mich jeder Bauer böse Blicke zuwirft.

„Nein, nichts davon", antworte ich mürrisch. „Aber halt, ich war bei der *Dicken Marie*. Da haust doch etwas Düsteres? Ich erinnere mich, dass sich die anderen Kinder damals fürchteten."

„Ach, Benjamin, glaube doch nicht diese Geschichten, die Kinder ihren kleinen Geschwistern erzählen. Ich muss wissen, was genau es ist, was dort in dir Schlummert. Ich kann dir leider nicht helfen. Ich kann dir nur das hier geben." Der Bader ächzt, als er aufsteht. Seine Tritte hallen schwer über den Boden. Aus einer Truhe holt er einen runden Gegenstand. Es sind Weidenäste, die er zu einem Kreis geflochten hat. In der Mitte des Kreises hat er aus weiteren Ästen einen fünfzackigen Stern gebunden.

„Ein Drudenfuß?“, frage ich, während mir der Fieberschweiß über das Gesicht läuft. „Wie soll mir ein gottverdammter Drudenfuß helfen?“

„Das ist ein Schutzzauber. Mehr kann ich nicht für dich tun. Behalte ihn bei dir. Es ist der einzige Zauber, der gegen unbekannte Geister und Dämonen hilft, den ich kenne. Komm wieder, wenn du weißt, was dich angreift.“ Er macht eine Pause. „Und komm wieder, wenn du über deine Hysterie sprechen willst.“

Kapitel 3

VERHANDLUNG

1

Das Rotkehlchen singt sein Lied, der Fluss summt dazu im zarten Licht einer aufgehenden Sonne. Der Frühling klopft leise an, während der Winter sich noch nicht verabschieden will. Wasser streicht über das Flussbett, eine Brise streichelt durch mein Haar. Die fiebrige Nacht in dem Haus des Baders ist vorüber. Das Fieber hat sie unerträglich werden lassen, aber dafür blieben in dieser Nacht die Albträume fern.

Ich gehe den Weg zurück zur Mühle. Tegel liegt hinter mir. Dort am Wasser dreht sich das Mühlrad und der blaue Himmel schaut verträumt zu. Der im Sonnenlicht glitzernde Fluss, der blaue Himmel und die singenden Vögel können nicht darüber hinwegtäuschen, dass die Mühle kein verzauberter Ort ist. Die Mühle ist eine polternde Maschine aus Zahnrädern und monumentalen Steinen. Sie produziert Mehl aus Krach und Wasserkraft.

Selbst durch den rauschenden Fluss, selbst durch das Rucken und Zucken des Mühlenrads, glaube ich – nein ich bin mir mit einer unendlichen Gewissheit sicher – dass ich Stimmen aus der Mühle höre. Es sind die Knechte, die miteinander tuscheln. Sie reden über mich, ich bin mir sicher. Sie sagen, dass ich ein schlechter Mühlmeister sei. Sie wünschen sich Jakob zurück. Sie sprechen darüber, dass er die Mühle besser geleitet habe. Das Rauschen des Bachs lässt wie ein Zauberspruch meine Wut nur noch stärker erglimmen. Aus der Glut wird Feuer. Und ich höre, wie du sagst: „Aber er kann doch gar nicht wissen, was die Knechte sagen. Der Fluss ist zu laut und die Mühle mahlt, wie soll er hören, was die Knechte über ihn reden." Doch selbstverständlich weiß ich alles, was sie sagen. Sie wünschen sich Jakobs Lachen und seine wachen Augen zurück. Ich weiß es, weil die Autorin mir im Nacken sitzt und mir meine Gedanken ins Ohr flüstert. Sie ist selbst verunsichert. Sie hält sich selbst für schlecht, darum halte ich mich auch für schlecht, darum verstehe ich, was böse Zungen über mich sagen, ohne es zu hören.

Ich stoße die Tür auf. Drinnen erwarte ich keuchende Mühlburschen, die schuften. Doch auch wenn sich das Mühlenrad im Flusslauf dreht, die Steine unermüdlich übereinander schleifen, sehe ich dort nur die Burschen sitzen, stumm Karten spielend. Ich bin mir sicher, dass sie in dem Moment, als sich die Tür öffnete, aufgehört haben zu sprechen.

„Was soll das hier? Faules Pack! Was arbeitet ihr nicht!"

Einer der Mühlburschen springt bei meinen Worten auf und verbeugt sich. „Herr, wir können nicht mahlen."

„Was soll das heißen? Ihr könnt Karten spielen aber nicht Mahlen?"

„Nein, wir haben nach dem Herrn Jakob gesucht. Drei Tage lang. Eine Woche ist er nun verschwunden. Und das Gewinde dort will immer noch nicht so, wie wir wollen. Und außerdem – das Korn, wir können es nicht mehr verarbeiten." Erst jetzt sehe ich, dass es der gleiche namenlose Mühlbursche ist, der mich schon vor ein paar Tagen in meinem Haus besucht hat. „Es ist so, jede Lieferung Korn, die wir bekommen haben, ist verdorben. Es gab Schimmel und Fäule. Und jetzt das hier." Er greift nach dem Seil eines Flaschenzugs. Einer der Säcke voll mit Korn wird angehoben. Der Mühlbursche greift nach dem Saum des Sacks, schüttet den Inhalt direkt vor meine Füße. Ich verzerre vor Ekel mein Gesicht. Das Getreide, das sich vor mir ausbreitet, ist mit fetten Maden gespickt. Ein einzelnes Korn rollt über die Holzbretter und bleibt in der Ritze zwischen zwei der Bodenbalken stecken.

Die Maden winden sich. Mein Blick bleibt an einer besonders fetten hängen.

„Das ist die vierte Lieferung, die sauber hergebracht wurde und über Nacht verkommen ist."

„Ein Jammer."

„Ein Jammer? Herr, das Korn verkommt. Irgendetwas stimmt mit dieser Mühle nicht. Es ist, als würde etwas durch das Gebälk schleichen. Oder es stimmt etwas mit einem der Menschen hier nicht." Der Blick des Burschen wird eindringlich. Seine Augen glühen durch das mit Mehl bestäubte Gesicht. Er ist wie eine Geistererscheinung, die weiß im Raum schwebt.

Ich tue so, als hätte ich seinen Vorwurf nicht bemerkt: „Ja, es ist ein Jammer. Mehr vermag ich auch nicht zu sagen. Wir sind für einen solchen Schaden nicht versichert. Doch wir finden sicher Abnehmer für das Korn, die selbst für so lausiges Zeug noch einen Groschen übrig haben. Der Mühlengast soll sich an mich wenden und ich zahle ihm eine Entschädigung für den ausgefallenen Gewinn." Gleichzeitig pocht es in meinem Kopf. In der Kasse wird kein Geld für Entschädigungen sein.

Der Bursche gibt sich nicht zufrieden: „Ich will nicht klingen, wie eins dieser Waschweiber, Herr."

„Was auch immer du sagen wirst, du wirst wie eines der Waschweiber klingen."

„Nun, wir fürchten uns in der Mühle hier. Seit Jakob verschwunden ist, scheint es fast als würde ein Schatten hier umherschleichen und im Morgengrauen in die Balken hinein sickern. Wir hören ein Knacken und ein Wimmern, wenn alles ruhig ist und wir kein Geräusch von uns geben."

Während der Knecht seine Ammenmärchen erzählt, hefte ich meinen Blick auf die Würmer auf den Boden, die zwischen dem Korn umher kriechen. Eine der Maden windet sich um sich selbst, als würde sie zu verträumter Ballettmusik tanzen. Nicht für das Publikum, nur für sich, um ihrer Liebe zum Leben Ausdruck zu verleihen.

„Herr, das Korn ist verdorben, die Maden sind überall. Die Mühlengäste weigern sich, ihr Korn hierher zu bringen. Und wir fürchten uns, hier zwischen dem Gebälk zu sein. An dem einen Morgen haben wir sogar – nun wir wissen nicht genau, was wir gesehen haben – aber nachdem Jakob verschwunden ist, meinen wir Blut in der Mühle gesehen zu haben."

Ich beuge mich zu der fetten Made hinunter, die sich windet in ihrem ewigen Tanz mit sich selbst ohne Musik. Die Musik ist nur in ihren Gedanken, ihren Träumen, ihrer Fantasie.

„Wir fragen uns natürlich, ob der Lohn rechtzeitig gezahlt wird, wenn die Mühlgäste sich weigern und das Korn mit Maden versetzt ist."

Ich starre auf diese Made. Ihr Körper ist gekrümmt. Sie schwenkt ihren Körper vor und zurück. In Wellenbewegungen wie das Wasser, wie ein Tropfen im See, der sich im Wind wiegt und seine unendlichen vollkommenen Kreise zieht. Ich denke an Magdalena, wie sie ihr schwarzes Kleid trägt. Diesmal dreht sie sich im Wald bei der *Dicken Marie*. Ihr Haar trägt sie offen, ihre Wangen sind rot vom Tanz zum Takt der Sonnenstrahlen, die so liebevoll durch das Blätterdach schleichen. Magdalena tanzt nicht wie eine feine Dame, sie tanzt nicht wie ein unschuldiges Mädchen, sie tanzt wie eine Hexe in der Walpurgisnacht, wie ein Dämon, der gerufen wurde. Um sie herum wird es Nacht.

„Wir haben gedacht, wir sollten nach Potsdam und vielleicht dort sehen, ob die Mühlen dort mehr Knechte benötigen – wenn das Korn dort nicht von Maden befallen ist."

Die Made tanzt. Ich strecke meinen Finger nach ihr aus. Sie ist eine Ballerina und ich bin ihr Publikum. Sie tanzt, sie schwebt. Ich zerdrücke sie mit meinem Daumen. Sie ist weich, wehrlos. Die Überreste ihrer Organe drücken sich in den Holzfußboden. Die Made tanzt nun nicht mehr.

„Nein, bleibt", sage ich trocken. „Ihr sollt alle bleiben. Potsdam ist weit entfernt und ihr sollt diese Mühen nicht auf euch nehmen. Ich habe eine Ahnung, wie ich mehr über diesen ganzen Zauber herausfinden kann. Ich werde ein paar Erledigungen anstellen und hoffentlich dann mehr wissen. So lange bleibt ihr." Es ist die ganze Zeit über so offensichtlich. Anstatt mich an die Person zu wenden, die mir mehr zu diesen unglückseligen Vorfällen erzählen kann, verschwende ich meine Zeit mit Fieberträumen und faulen Mühlenburschen. Ich versinke, statt mich an dem, was ich habe, festzuhalten. „Macht euch keine Gedanken um die Bezahlung. Und macht dieses verdammte Madenzeug hier weg!"

2

Magdalena hat die gleiche Röte in ihren Wangen, wie in dem Moment als ich sie auf der Lichtung tanzen gesehen habe. Ich biete ihr einen Platz in der guten Stube an.

„Eure Nachricht hätte ich nicht erwartet", sagt sie. „Ich war mir auch nicht sicher, wie ich allein in der Abenddämmerung hier auftauchen kann, ohne dass meine Eltern davon Wind bekommen." Sie zieht ihre Augenbrauen hoch, überrascht, dass Dorothea ihr keine Erfrischung anbietet. Wer nicht da ist, kann nichts anbieten.

„Wo ist eure Hausdame?"

Ich antworte nicht, verziehe nur den Mund.

„Wo ist sie denn?"

„Bei der Tochter vom Wirt. Sie hat eine Anstellung dort", gebe ich zu. Magdalena spitzt ihre Lippen. „Unter diesen Umständen – Wenn es so ist, entschuldigt mich bitte, ich muss gehen. Ihr habt niemanden hier, der ein Auge auf mich werfen kann. Es war eine tolle Idee, allein zur Mühle zu kommen und es ist eine noch viel tollere Idee, hier zu bleiben." Sie steht auf. Doch bevor sie gehen kann, packe ich sie am Arm.

„Ihr werdet nicht gehen." Ich drücke sie zurück in den Lehnstuhl. „Ihr bleibt hier und sagt mir mit jeder Einzelheit, warum ihr auf der Beerdigung meines Vaters geweint habt." Magdalenas Art wandelt sich von unschuldig zu kalt.

„Das ist es, was Ihr wissen wollt? Euch wird die Antwort nicht gefallen: Ich bin eine feinfühlige Dame."

„Nein, das seid ihr nicht." Meine Finger krallen sich in ihre zarte Haut. Es muss schmerzen. Es muss ihr Angst machen. Doch ihr Blick bleibt durchdringend und kalt. Sie sagt mit einer genauso kalten Stimme: „Ich frage mich, wo der einfühlsame Benjamin hin verschwunden ist. Der nur beobachtet und nicht seinen Zorn mit Gewalt ausdrückt."

Mein Griff wird fester. „Du weißt doch ganz genau, wo er hin ist, du kleines Hexenbiest."

„Hexenbiest?"

„Denkst du, ich habe deine Blicke nicht gesehen? Denkst du, ich merke nicht, wie du mich verzauberst. Du warst doch dort im Nebel, in der Nacht als Jakob verschwunden ist.“

Magdalena streicht meine Hände von ihren Schultern. Sie tut es ganz sanft, ohne jede Kraftanstrengung, wie durch Zauberhand.

„Meine Blicke suchen nur nach dem schüchternen zärtlichen Benjamin. Ich muss zugeben, ich habe mir gewünscht, dass du mehr aus dir herauskommst, dass du dir nimmst, was du begehrst, aber jetzt, wo du plötzlich aus dir herauskommst, ist da nur unerfüllte Wut. Du bist genau wie jede dieser Gestalten in Tegel.“

„Lenk’ nicht ab. Sag es, hast du mich verhext?“

„Ach, Benjamin, du glaubst doch nicht an Hexerei? Lass dir von diesen Märchen keine Angst einjagen. Angst ist doch nur ein Instrument der Macht. Alles, was du hier tust, ist deine Angst mit Wut zu überspielen. So schützt deine Wut dich vor deinen wahren Gefühlen: vor deiner Verletzlichkeit. Verständlich, zu groß ist die Angst, dass ein anderes Wesen Macht über dich erlangen könnte, wenn du dich verletzlich zeigst. Aber du brauchst gar keine Angst davor zu haben. Du darfst verletzlich sein. Du darfst dich hingeben.“

„Ach, was redest du für dummes Geschwätz.“

„Das ist nicht dumm. Ich versuche dir zu sagen, dass ich dachte, dass ich dich liebgewinnen könnte. Ich dachte, wenn du nur deinen Mund öffnen würdest, wir uns näher kommen könnten. Aber jetzt machst du ihn auf und alles, was du von dir zeigst, ist diese Wut." Sie seufzt. „Ich habe einen Fehler gemacht. Ich habe die Möglichkeiten falsch eingeschätzt und jetzt müssen wir mit dem leben, was uns bleibt."

„Ich verstehe nichts von dem, was du sagst."

„Selbstverständlich verstehst du nicht. Ich drücke mich auch nicht klar aus. Meine Gedanken springen hin und her. Ich versuche dir zu sagen, dass ich dich mag, aber auch, dass ich einen Fehler gemacht habe. Und jetzt gibt es kein Zurück mehr."

„Was soll das heißen? Sprich doch verständlich mit mir!"

Ihr Blick wird von eindringlich zu sanft. Ihr Gesicht ist so nahe an meinem, dass ich ihre Wimpern sehen kann, ihre Poren in der Haut. Ich spüre ihre Lippen, ihre Zunge. Ihre Hände, die über meinen Körper wandern. Es sind die Finger einer Hexe, die schon oft über fremde Haut gefahren sind. Sie weiß, was sie tut, sie ist kein unbeschriebenes Blatt, sondern eine Frau, die schönen Männern verheißungsvolle Blicke zuwirft, die sich alles nimmt und benutzt und zerstört zurücklässt. Ich fühle das alles in ihren Berührungen. Ich fühle jeden benutzten Körper und jedes gebrochene Herz, dass sie zurückgelassen hat. Und dennoch gebe ich mich hin. Ihr kaltes Herz pumpt Blut durch ihren kalten Körper. Bis in ihre Fingerspitzen, die sich wie Eiszapfen anfühlen.

Sie führt mich in mein Schlafzimmer, sie kennt den Weg.

Ich versuche mit meiner Hand unter ihr Kleid zu fahren, ihre Beine zu spüren. Doch das Kleid ist zu schwer, meine Hand zu schwach, mein Griff nicht entschlossen genug. Ich lasse mich küssen, ich lasse mich befühlen, doch bis auf den kläglichen Versucht, ihren Rock zu heben, bleibe ich ein totes Spielzeug für Magdalena.

„Da ist er ja wieder. Ich habe ihn vermisst", flüstert Magdalena. „Ich mag es, wenn du schüchtern bist. Und unsicher." Sie knöpft mein Hemd auf, wie sie schon hunderte von Hemden zuvor aufgeknöpft hat. Ich lasse sie gewähren. Mein eigener Wille ist nicht mehr vorhanden. Er kam mir schon in der Nacht abhanden, als ich Magdalena zwischen den Bäumen im Nebel gesehen habe. Sie führt und ich beuge mich.

Sie drückt mich in meine Laken, ich will sie an mich drücken, ich will sie in meinen Armen halten, doch ich tue nichts davon. Ich warte ab, beobachte sie mit meiner Haut, meinem Geruchssinn, meinen Fingerspitzen und meinen Ohren. Sie küsst mich. Sie atmet laut, jedes Geräusch, dass sie von sich gibt, lässt meine Erregung wachsen. Mit einer einzigen Handbewegung deutet sie an, dass ich mich auf den Bauch drehen soll. Ich bleibe stumm und tue, was ihre Gesten mir befehlen. Sie sitzt auf meinem Steißbein. Küsst meinen Nacken, beißt zu. Ihre Brüste schmiegen sich an meinen Rücken. Dort, wo ihre Körpermitte meine Haut berührt, wird es immer wärmer. Sie drückt sich an mich, ihr Atem wird lauter. Ein Stöhnen entgleitet ihrem Mund. Ich denke an eine Hexe, die auf einem Besen durch die Nacht reitet. Ich denke an eine Hexe, die auf einem Mann reitet. Ihr Stöhnen wird schneller und ihr Körper immer heißer. Sie kocht vor sich hin, brodelt wie ein Zaubertrank. Ihre Hände umschließen meinen Hals, sie drückt zu. Ich weiß, dass ich stärker als sie sein müsste. Doch Magdalena hält mich mit ihrem Atem, ihrem Stöhnen gefangen. Als ihr Würgegriff mich zu schmerzen beginnt, kommt sie zum Höhepunkt.

Als sie sich an mir gesättigt hat, lässt sie mich liegen. Sie ist nun gefüllt und ich bin leer. Sie erhebt sich, ihr Körper schimmert rot-gelb im warmen Kerzenlicht. Mir wird mit einem Stich im Herzen bewusst, dass ich Magdalena wollte, aber dass ich sie nie *so* wollte. Ich wollte eine Gleichgesinnte und keine Herrin. Ich sollte sie einfach gehen und mich ruhen lassen. Dennoch sage ich: „Willst du nicht noch bleiben?"

Als sie antwortet, dreht sie sich nicht um. „Ich sollte gehen. Wir sind beide an unser Schicksal gebunden und ich sollte dich nicht mehr verbrauchen, als ich muss."

„Komm, lass diese geheimnisvolle Art sein. Es ist kalt und es ist dunkel draußen. Leg dich wieder her zu mir." Außerdem verzehrt es mich immer noch nach ihr. Ich will sie und ich will sie nicht. Ihr nackter Körper ist vollkommen. Ihr dunkles Haar fällt über ihre Schultern, wie das Kerzenlicht. Darunter werden feine Linien sichtbar. Narbengewebe. Keine willkürlichen Muster, sondern verheilte präzise gesetzte Striche, die ein Zeichen bilden.

„Was ist da an deiner Schulter?", frage ich.

„Nichts ist an meiner Schulter. Was willst du denn noch? Hast du nicht das bekommen, was du eigentlich wolltest?"

„Ich habe nichts bekommen von dem, was ich wollte und jetzt lenk' nicht ab." Die Wut ist wieder da. „Was hast du da an deiner Schulter? Denkst du wirklich, ich wäre so getrieben von meiner Lust, dass ich das nicht sehen würde?"

„Nein, aber vielleicht war ich so sehr von Lust getrieben, dass es mir gleichgültig war, ob du meine Schulter siehst oder nicht."

„Dann sag schon! Was ist das?" Ich packe sie. Ich greife in ihr Haar, es überkommt mich, ich kann mich nicht wehren, in diesem Moment, scheint es das Einzige zu sein, was ich tun kann. Es beherrscht mich. Ich habe Recht und Magdalena hat Unrecht. Es gibt keine zwei Seiten einer Medaille, es gibt nur mich und meine Wut. „Warum hast du diese Narbe auf dem Rücken? Was soll das sein? Woher kommt diese verdammte Narbe?"

Magdalena schreit nicht. Ihr Blick ist nur wieder eindringlich. Sie spürt keine Angst. Doch sie spürt auch keine Wut. Was ich in ihren Augen sehe, ist Traurigkeit. Es ist wie der Moment, indem sie mit dem schwarzen Schleier durch die Kirche geglitten ist.

„Warum hast du einen Drudenfuß auf deinem Rücken." Ich zeige auf ihre Schulter, auf der dieser fünfzackige Stern hineingeritzt wurde. Die Wunden sind verheilt, nur noch die Spuren der Vergangenheit bleiben zurück.

„Warum hast du auf der Beerdigung meines Vaters geweint? Was hast du in der Nacht im Nebel getrieben?"

Ihre harte Hülle zerbricht. Ihre Augen sind weich, ihr Mund verzieht sich zu Schmerz, zu echtem Schmerz, nicht die gespielte Stärke, die sie die ganze Zeit an den Tag gelegt hat.

„Du willst wissen, woher diese Narben hier stammen? Und warum ich deinen Vater betrauere? Na fein, ich verrate es dir. Weil mich etwas mit deinem Vater verbindet:"

Mir wird übel: „Du bist nicht meine Schwester, oder?"

„Benjamin! Zum Teufel – nein – dann hätte ich doch nicht mit dir, – nein – mich verbindet mehr mit deinem Vater als Verwandtschaft es je könnte!"

„Dann spuck es aus! Wenn er nicht dein Vater war, was hat euch dann verbunden?"

Magdalena kneift verschwörerisch ihre Augen zusammen, wie sie es so oft tut: „Uns verbindet ein Geheimnis."

Sie lässt sich auf das Bett fallen. Ihr nackter Körper sitzt verkrümmt auf den weißen Laken. Das Licht der Kerze tanzt um ihre Silhouette. Ich wünsche mir den Moment zurück, in dem sie von meinem Körper gekostet hatte. Sie sitzt da, die Arme verschränkt, vergräbt ihre Finger in ihrer Haut. Magdalena ist nicht mehr selbstbewusst und auch nicht damenhaft, sie ist einfach nur ein Mensch mit Sorgen und Ängsten.

„Wenn ich es dir erzähle, wirst du mir nicht glauben. Es ist eine dieser Geschichten, die Kindern erzählt wird, wenn sie nicht still sein wollen. Wenn sie dir sagen: ‚Geh nicht allein in die Nacht hinaus, es sei denn du willst, dass die Schatten dich fressen.‘ Das ist es doch, was man Kindern erzählt, oder?" Ihre Augen flackern im Kerzenlicht, als sie ihren Blick in den meinen legt. „Kennst du die Geschichte, die sich die Leute über die *Dicke Marie* erzählen?"

Ich schüttle den Kopf. Es sind nur Gerüchte, an die ich mich erinnere. Etwas Dunkles soll in dem Wald hausen, ich weiß nicht, was es ist, ein Schauermärchen, das Kinder glauben und der Bader für Unfug hält.

„Natürlich kennst du die Geschichte nicht in seiner Gänze. Du redest nicht mit den Leuten. Wenn du nicht mit Leuten redest, dann können sie dir auch keine Angst einjagen, oder? Das ist es doch sicher, was dich davon abhält, ihnen mehr als ‚guten Tag‘, ‚Ich empfehle mich‘ und ‚Herr, sie müssen mir noch meine Papiere unterschreiben‘ zu sagen" Sie lacht ein verbittertes, verängstigtes Lachen. „Niemand sagt dir, wer in den Ästen der alten Eiche wohnt. Das da etwas lauert, wenn du nichts ahnend die kalte Nachtluft einatmest. Plötzlich packt es dich, es hält dich fest und beißt sich an deinem Nacken fest." Ein Blitzen streift durch Magdalenas Augen. Oder ist es nur das Kerzenlicht, dass sich in ihrer Iris spiegelt?

„Doch sei es drum, was die Leute sich zum Fürchten erzählen. Ich bin dennoch davon gelaufen. Als die Nacht schwarz über dem Dorf lag und der Nebel jeden Stern verschluckt hatte. Ich war müde von dem Leben, dass mir dieses Nest bieten konnte. Ich war jung und doch so müde. Ich denke, Benjamin, dass du dir vorstellen kannst, wie müde ich war." Sie sucht in meinem Gesicht nach einer Antwort, doch sie findet nur meine harten Züge. „Wie dem auch sei, ich war es müde, müde zu *sein*. Also fasste ich einen Plan, ich schrieb Briefe an einen Herrn aus Berlin. Ich wusste, dass er ein Scharlatan war. Ein Heuchler, der mich im schlimmsten Fall geschändet in einem Kotschacht liegen lässt. Doch ich war zwar müde, aber ich war nicht schwach. Wenn er sich als Hochstapler entpuppen sollte, würde ich einfach noch höher als er stapeln müssen. Ich wollte ihn benutzen als Trittbrett und ihn dann liegen lassen. Doch wie wenig wusste ich, dass ich gar nicht bis nach Berlin kommen würde. Dass gar nicht dieser Herr die Gefahr war. Stattdessen war es was anderes, was auf mich lauerte."

Eine Gänsehaut überkam mich. Wieder fühlte es sich an, als würden Eisenketten um meine Brust spannen.

„Ich bin so weit gerannt ich konnte. Erst im Wald traute ich mich, zu verschnaufen. Mein Herz pochte so laut, dass ich nicht hören konnte, wie die Äste knackten. Ich keuchte und atmete, ohne zu hören, was sich im Geäst dort über mir befand."

„War es die alte Eiche?"

„Natürlich war es die Eiche." Eine Träne aus Kristall rollte ihre Wange hinunter. Ich legte tröstend meine Hand auf ihre Schulter, sie reagierte nur mit einem abwehrenden Zucken.

„Schatten spannten sich über meine Haut, verdeckten mein Gesicht. Eine Gestalt mit langen dünnen

Fingern kroch durch das Geäst." Magdalena stockt und lässt dabei die Frage offen, ob sie Schwierigkeiten hat, das Grauen wiederzugeben oder ob sie nur die Pause macht, weil sie eine Theaterspielerin ist und ich einer ihrer Zuschauer. Ihr atmen wird schwerer. Ihre Kristalltränen rollten nun schneller ihre Wangen hinab. Ihre Nase wird rot. Bevor ihr der Nasenschleim nicht gerade damenhaft aus der Nase zu rinnen beginnt, wischt sie mit ihren Porzellanfingern in ihrem Gesicht herum.

„Was passierte dann?", frage ich.

„Das letzte, was ich sah, waren leuchtende Augen, die wie Glaskugeln mit Nebel glänzten. Etwas drückte sich auf meine Brust, die Luft zischte aus meinen Lungen. Es lachte, vergrub seine Finger in meinem Mund und meinen Ohren. Es glitt in meine Gedanken. Der Nebel und die Schatten schienen alles einzunehmen. Meinen Geist, meine Seele, meine Augen und mein Herz. Es drang in mich. Ich konnte nicht schreien. Ich konnte nicht Atmen. Nachdem es in meinen Mund gelangt war, drückte es sich durch meine Augen in mich hinein, durch meine Nasenlöcher. Es glitt an mir hinunter und drang durch jede meine Körperöffnungen. Ich war besessen. Ich wusste, ich würde sterben." Sie zittert während sie spricht. Bilde ich es mir nur ein, oder werden die feinen Adern, die ihren Körper mit Blut versorgen, dunkler?

„Als ich in Gedanken mein letztes Gebet sprach, nahm ich eine weitere Gestalt wahr. Jemand war gekommen. Er riss an der Schattengestalt. Doch sie hatte sich schon fest an meinen Geist gekrallt. Ich fühlte Schmerzen an der Schulter. Nicht so schlimm wie die Schmerzen die der Dämon in mir verursachte. Die Welt wurde klarer. Dein Vater stand vor mir. Er hatte einen Drudenfuß in meine Schulter geschnitten, das hatte die Schattengestalt gebannt. ‚Bist du denn des Teufels, dass du nachts an der *Dicken Marie* herumtrödelst‘, rief er mir zu. ‚Das ist der Ort, an dem sich der Nachtmahr seine Beute sucht, du dumme Göre. Willst du von dem abscheulichen Biest besessen werden? Oder schlimmer, willst du selbst ein Nachtmahr werden?‘“

Magdalena sieht mich mit großen Augen an, und ich stelle mir vor, dass sie auch meinen Vater mit solch großen Augen angesehen hatte. Ich fragte mich, ob ihre Augen schon vorhin so silbrig geschimmert hatten.

„In der Nacht verbrannte ich all die Briefe von dem Herrn aus Berlin. Ich kehrte in mein Bett zurück und fand mich ab, mit meinem Leben als reiche Dame aus vornehmem Hause, vornehm genug für Tegel, zu schäbig für Berlin. Ich verbrannte die Flausen in meinem Kopf. Dein Vater hat nie jemandem erzählt, was in dem Baum auf mich gelauert hat. Vielleicht war der Mann, den alle als Gauner bezeichneten, am Ende vornehmer als ich.“

Ich schluckte. Statt Klarheit wirbelten nur noch mehr lose Enden in meinem Kopf umher. Ich sage nur: „Es ist also ein Nachtmahr?“

„Was mich befallen hat?“

„Ja, und was mich befallen hat. Woher meine Wut kommt. Ich war bei dieser verdammten Eiche und seitdem ist mein Bruder verschwunden, das Getreide verdirbt und mich plagen böse Träume."

„Es wird wohl einer sein, der in dir ist."

„Und was sollte dieses ganze Theater hier? Du benutzt meine Lust, um von der Geschichte abzulenken, nur um es mir dann doch zu sagen? Das ist ein schlechter Tausch. Und du bist eine schlechte Händlerin."

„Oh, der Tausch wird noch schlechter für mich. Ich habe dir noch gar nicht alles gesagt."

„Ach so, was verschweigst du mir denn noch?"

„Ich habe einen Fehler gemacht. Das sagte ich bereits. Denn du bist nicht der Erste, dem ich diese Geschichte erzähle."

„Was soll das heißen?"

„Ich habe auch schon mit jemand anderem darüber gesprochen."

„Ich sagte, dass ich meinen Zorn nicht mehr an mich halten kann. In keiner Sekunde. Sag mir schon, wem du es gesagt hast, oder ich schlage deinen hübschen kleinen Schädel ein."

Magdalena lachte. Meine Wut verflog als ich sah, wie spitz ihre Zähne waren. Es wurde zu Angst.

„Du traust dich nimmer, mir den Schädel einzuschlagen. Bis vor ein paar Tagen hast du dich noch nicht einmal getraut, mit mir zu sprechen."

„Verfluchtes Biest, jetzt sag es schon!"

„Na gut, hast du ein Glück, dass ich schlecht im Verhandeln bin, denn du bist allemal ein mieser

Bettler. Ich habe es deinem gottverdammten Bruder erzählt."

„Was willst du mir damit sagen?"

„Zur Hölle mit allem. Ich wollte die Mühle von Jakob dem Heuchler befreien. Weil ich gesehen habe, wie verlogen er ist. Ich sagte ihm, dass die Geistergeschichten wahr seien, dass wirklich ein Nachtmahr in der alten Eiche haust. Ich hätte drauf wetten können, dass der tollkühne Bursche selbst hingeht. Dass er sich so einer lausigen Geschichte über seinen Vater als Helden nicht verwehren kann. Ich dachte, Jakob würde eine solche Heldengeschichte auch über sich selbst haben wollen. Damit er am Ende der Ritter ist, der Tegel von den Nachtmahren befreit. Aber er hatte wohl anderes im Sinn. Der Heuchler hat eine Falle draus gesponnen. Denn nicht er, sondern du bist zu der *Dicken Marie* gelaufen."

Indem Jakob mich zum Nachtmahr lockte, konnte mein Bruder den Grundstein dafür legen, selbst der Herr der Mühle zu werden. Denn dem tollen Hysteriker, der ich nun geworden war, würde niemand die Mühlengerechtigkeit anvertrauen. Hysteriker schickte man in die Nervenheilanstalt, ließ sie sich im Kreis drehen, bis die Melancholie aus ihnen herausgetrieben war.

Nur hatte die Geschichte noch zwei Löcher: Wo war Jakob jetzt und warum habe ich nicht den Nachtmahr, sondern Magdalena an der alten Eiche gesehen?

3

„Es ist kalt und dunkel, ich werde nach Hause müssen", sagt Magdalena nun. Magdalena atmet schwer. Ihr Schlüsselbein hebt und senkt sich. Ihr Rabenhaar bildet das Gegenstück zu ihrer Haut aus Porzellan. Ich schaue sie an, wie ein Wolf ein Stück Fleisch anschaut.

Dann zupft die Autorin wieder an meinem Gemüt. Ich sehe Magdalena durch die Augen der Autorin. Mir wird wieder bewusst, dass ich nicht existiere. Auch Magdalena existiert nicht:

Gewiss ist sie stark. Sie ist selbstbewusst. Sie thront auf ihrem hohen Ross und hält die Zügel in der Hand. Alles an ihr Schreit nach Macht. Sie hat keine Wünsche und keine Ängste, keine vielschichtigen Eigenschaften. Sie besitzt nur ihren Körper als Mittel zur Gewaltausübung. Die Autorin will sie wie einen echten Menschen erscheinen lassen, mit hunderten von Facetten wie die Augen einer Fliege, die sich aus einer Made entwickelt hat. Doch die Vielschichtigkeit versagt. Da ist nur eine Frau, die mächtig und ein Mann der ohnmächtig wird. Das Machgefälle bleibt. Es verschiebt sich lediglich. Und Lustgewinn ist nicht das, was gegenseitig uns zum Fliegen bringt, sondern nur wieder einen Menschen stark und den anderen schwach macht.

Die Erschaffung eines eigenständigen Charakters scheitert. Magdalena ist nicht echt. Sie ist eine Traumfigur, die mich nachts heimsucht und mich ins Verderben stürzt. Sie existiert genauso wenig wie ich existiere. Und dennoch sage ich zu ihr: „Geh noch nicht.“

Die Autorin entfernt sich. Magdalena und ich sind erneut am Anfang unserer Unterhaltung. Magdalenas Augen schimmern weiterhin weiß wie Nebel.

„Bitte, geh nicht“, flehe ich.

„Ich habe dir zu viel gesagt und du hast mir zu viel zugehört.“ Damit belässt sie es. Magdalena verschwindet in die Nacht und ich in meine Albträume.

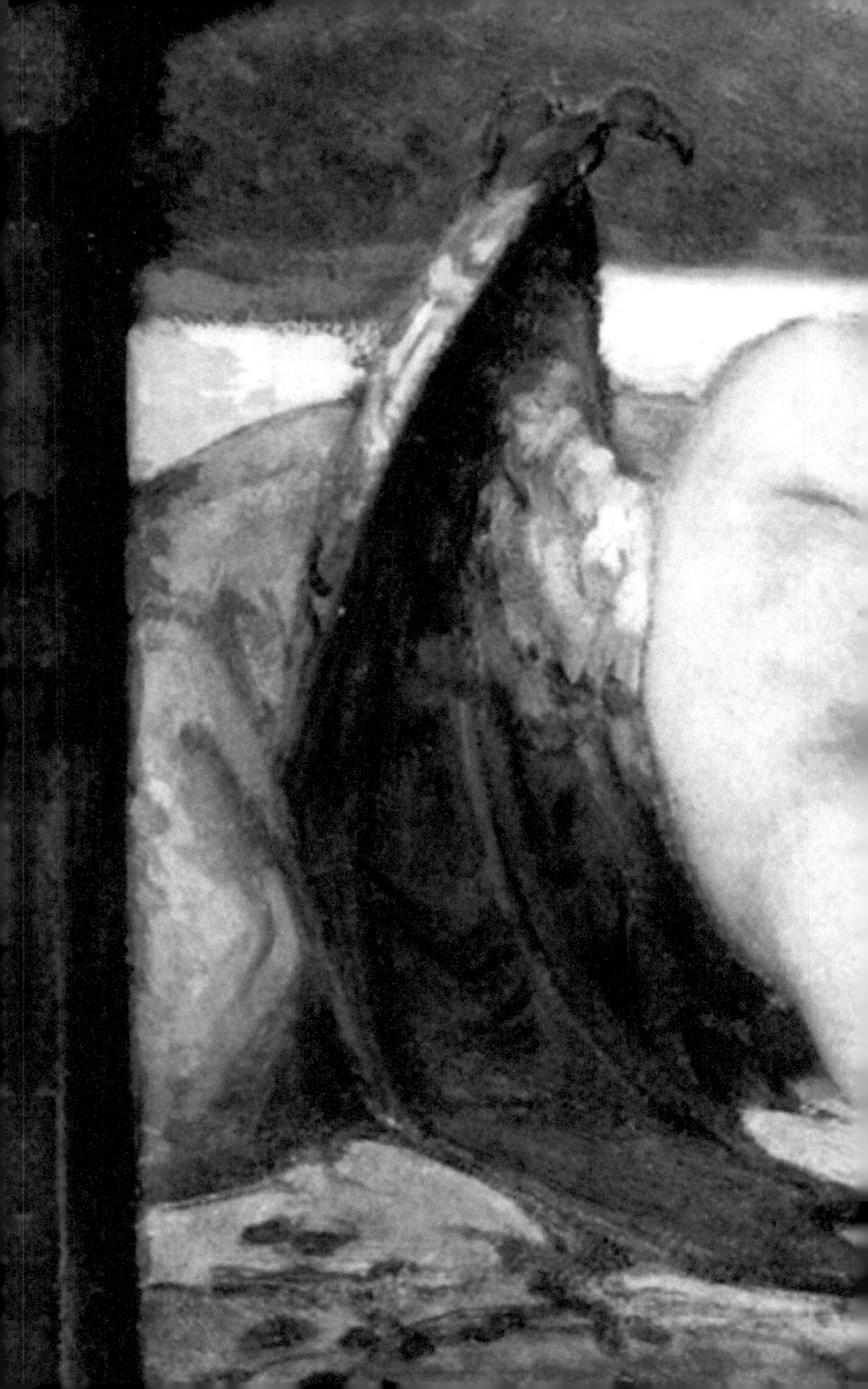

Kapitel 4
DEPRESSION

1

Ich schlage die Augen auf. Der Duft von Magdalena hängt in den Laken. Mein Körper ist nackt, ich fühle noch ihre vergangenen Berührungen auf meiner Haut. Die Kerzen sind erloschen. Abgebrannte Zeugen der Vergangenheit. Auf meiner Brust hockt der Druck und damit die Gewissheit, nur eine leere Hülle für Magdalena gewesen zu sein.

Ich fühle mich, als hätte jemand all meine klaren Gedanken aus mir heraus gesogen. Ein Fieber stellt sich diesmal nicht ein, doch sehe ich keinen Grund darin, aufzustehen. Mein Körper ist wach und müde zur gleichen Zeit. Etwas drängt in mir, den Moment des Aufstehens noch hinauszuzögern. In diesem Bett zu bleiben, auch wenn in meinem Hinterkopf der Gedanke pocht, dass da draußen meine Arbeit auf mich wartet. Und auch die Gewissheit, dass Magdalena nicht auf mich warten würde.

Ich greife mein Federkissen, ziehe es über meinen Kopf und beschließe in der Dunkelheit zu verharren. Der Schmerz breitet sich vom Herzen aus, fließt in meine Lungen und mein Gehirn. Es ist kein körperlicher Schmerz. Es ist schlimmer als das. Es ist ein Leiden, das meine Seele heimsucht und in die hintersten Ecken meines Seins zieht.

„Habt Ihr Euch von euren Launen erholt?" Eine Stimme weckt mich aus meiner Dunkelheit in der nur ich und mein Gram existieren. Es ist die alberne Dorothea.

„Verschwinde, du Verräterin. Du hast mich allein gelassen und jetzt störst du mich in meinem Verdruss."

„Ach, ich sehe, die Wut ist noch nicht verklungen."

„Nein, sie ist fort. Da ist nur noch Niedergeschlagenheit."

„Dann ist es gut, dass ich hier bin. Ich muss sagen, mich plagt mein schlechtes Gewissen. Ihr wart immer ein guter Herr. Still, aber tüchtig. Und das war immer so, bis der gute Jakob verschwunden ist." Ich höre, wie sie durch den Raum geht „Ich wollte nachsehen, ob dieser Zorn nun vorüber ist."

„Ich brauche keine Hausdame, ich komme gut alleine zurecht." Mein Kopf ist während der gesamten Unterhaltung unter dem Kissen. Ich bin wie ein fauler Heranwachsender, der sich von seinen Eltern nichts sagen lässt.

„Es stinkt nach verbrauchter Luft in diesem Zimmer. Und bei Gott, ich weiß, wonach es noch stinkt. Ich bin kein kleines Mädel mehr." Ich höre, wie sie das Fenster öffnet. „Natürlich braucht ihr mich noch. Wie alt ist das Wasser hier? Habt ihr es jemals gewechselt, seitdem ich fort bin?"

„Jaja, ich wechsele es noch."

„Ach, bleibt liegen. Ich erledige das schnell. Wisst ihr, ich habe mir Sorgen um euch gemacht. Und wie ich sehe zu Recht. Wann habt ihr euch das letzte Mal gewaschen?"

„Ich weiß nicht."

„Ihr stinkt nach Frauenzimmer und Fleischeslust. Ich hoffe, ihr schämt euch recht. Welch ein Glück, dass ich nicht gerne mit den anderen Dienstboten über solche faulen Machenschaften rede.

„Du bist nicht mehr meine Hausdame und auch nicht meine Mutter."

„Richtig so, rechtfertigen braucht ihr euch nur vor Gott."

„Ich bin Gott egal."

„Aber mein Junge, mir seid ihr nicht egal und Gott schon gar nicht."

Unter all den Schmerzen versucht sich etwas in mir aufzubäumen, der letzte Kontakt zu einer sich sorgenden Person. Er reckt sich, streckt sich, um dann von meiner Erschöpfung erdrückt zu werden. Geröll über einer zart wachsenden Pflanze. Es ist ausweglos. Das Gefühl der Niedergeschlagenheit sitzt fest in mir und niemand wird es aus mir herausschneiden können.

„Ihr braucht frische Luft und Geborgenheit bei einer solchen schlechten Stimmung."

„Das ist nicht nur schlechte Stimmung, das ist Ratlosigkeit gemeinsam mit Trauer und dazu noch einer Dämonengestalt, die meine Seele niederdrückt."

„Ein Dämon? Wenn ihr mir sowas bei Nacht erzählen würdet, ich würde eine Gänsehaut bekommen.

Wie dem auch sei, ihr seid ja recht redefreudig, fast als hättet ihr dem Jakob seine Sprache gestohlen." Sie lacht über ihren eigenen Witz aber ich lache nicht mit ihr.

„Habt ihr was von ihm gehört?", frage ich.

„Nein, aber manchmal stelle ich mir vor, dass er so enttäuscht war, die Mühlengerechtigkeit nicht geerbt zu haben, dass er auf und davon nach Berlin ist. Mit einer guten Flasche Wein in der einen und einer netten Dame in der anderen Hand. Natürlich nur, wenn er der vorher einen Verlobungsring dran gesteckt hat."

„Dann gibt es keine Neuigkeiten?"

„Ich befürchte, ihr wäret der Erste, der davon hören würde. Die Mühlenburschen, Bauern und Handwerker waren ihn drei Tage lang suchen."

„Das ist nichts Neues. Ich selbst habe die Mühlenburschen losgeschickt. Jetzt hocken sie in der Mühle und spielen Karten."

„Mag sein, aber zuvor waren sie alle auf den Beinen. Sogar der Bauer Jenke hat zumindest seinen Sohn mit in die Wälder geschickt. Nachts müssen sie die Suche selbstverständlich abbrechen."

„Warum abbrechen?"

„Ja, es spukt doch in Tegel."

„Zum Teufel, wie kann es denn sein, dass alle diesen Humbug glauben. Nur wenn ich von meinem Dämon erzähle, tun es alle als Ammenmärchen ab."

„Na, ich verbiete mir, euch so wütend zu sehen. Sonst gehe ich einfach wieder. Die Tochter vom Wirt ist eine ganz Feine, die es sehr zu schätzen weiß, wenn sich jemand um sie kümmert."

„Schon gut, ich benehme mich."

Dorothea seufzt. „Es bricht mir das Herz, euch so leiden zu sehen. Mein liebster Benjamin, wenn mich so eine Schwermut überfällt, dann ist es nicht dieser Doktor aus Berlin, der mir mit seiner modernen Medizin hilft. Bei eurem Fieber hat er auch nicht geholfen. Hat mich die Wadenwickel wechseln lassen und gesagt, ich solle euch Tee einflößen. Und wenn ihr mit eurem Leiden zu einem in Berlin geht, schickt der euch nur in der Nervenheilanstalt. Wer wirklich etwas von der Gesundheit des Körpers und der Seele versteht, ist unser Bader. Er weiß, was zu tun ist, wenn es in Seele oder Körper zwickt." Sie muss wohl aufgehört haben im Raum umherzugehen. Zumindest höre ich ihre Schritte nicht mehr. „So eine Traurigkeit und Wut kennt jeder von uns. Es braucht diese Mischung aus Sorgsamkeit, jemanden der sich kümmert und natürlich den eigenen Mut voranzugehen. Der Bader kann dich auf deinem Weg begleiten."

„Ach, du dummes Weibsbild. Ich war doch schon beim Bader. Er sagt immer, ich hätte eine Hysterie. Und er sagt, er könne mir nicht helfen, wenn er nicht wisse, was es ist, was mich zerreißt." Etwas keimt in mir auf, dass kein Verdruss ist. In meinen Selbstzweifel versunken habe ich nicht mehr daran gedacht, dass ich heute eine Aufgabe zu erfüllen habe. Ich streife das Kissen von meinem Kopf. Manchmal braucht es die groben und zugleich zarten Worte einer Hausdame, die sich gar nicht um dich kümmern muss, aber dennoch tut: Ich muss nur zum Bader gehen und ihm sagen, dass ein Nachtmahr von meiner Seele Besitz ergriffen hat.

2

Der Bader sitzt vor seiner Tür und raucht eine Pfeife. Wolken dampfen aus dem Pfeifenkopf. Der Tabak verbrennt und wird zu einem beißenden Geruch, von dem ich nicht weiß, ob ich ihn mag oder verabscheue. „Du siehst aus, als könntest du ein ordentliches Bad vertragen." Er grinst mich mit vom Tabak vergilbten Zähnen an.

„Spar dir deine Worte für jemanden, der sie hören will. Aber Hilfe kann ich vertragen."

„Nun, willst du, dass ich dir bei einem Bad gut zurede und dir Weisheiten ins Ohr säusle, damit du wieder Zuversicht fühlst oder soll ich dir einen weiteren Drudenfuß mitgeben?"

„Der Drudenfuß. Darum bin ich hier. Ich weiß jetzt, welches Ding mich befallen hat."

„So? Ich würde weiterhin meine Hand für die Hysterie ins Feuer legen."

„Nein, es ist ein Nachtmahr. Das muss der Geist sein, der sich in der *Dicken Marie* versteckt. Ich glaube, er will Besitz von mir ergreifen."

„Ein Nachtmahr also?", der Bader steht auf, brummt mit seiner Stimme, die der Tabak und die Holzkohle über die Jahre hinweg angeraut haben. „Hast du das Gefühl, dass sich nachts jemand auf deine Brust setzt, dir die Luft abschnürt und dir Albträume beschert?"

„So ist es. Und das Korn ist verdorben. Ich bin matt.“

„Schau in meine Augen.“ Er greift mit seinen Bärenpranken an mein Kinn. „Ach, immerhin, ich sehe da ein gutes Zeichen. Deine Augen sind noch klar.“

Ich schaue den Bader fragend an.

„Ach, du kennst dich nicht aus mit den Legenden. Es ist sehr einfach. Es gibt zwei Wege, wie ein Nachtmahr dir dein Leben schwer machen kann: Er kann in deinen Körper schlüpfen, er frisst deine Seele auf und dein Leben wird die Hölle. Die zweite Möglichkeit besteht darin, dass er sich nur an dich hängt. Dann kommt er in der Nacht zu dir, frisst sich an dir satt, lässt das Essen schlecht werden und beschert dir diese Gefühlswallungen. Aber er nährt sich dann nur. Besitz ergreift er nicht. Wenn du besessen wärst, dann könnte ich dir nicht mehr helfen.“

„Was passiert, wenn ein Nachtmahr Besitz von mir ergreift?“

„Dann wirst du mächtig. Du wirst selbst zum Nachtmahr.“ In mir verkrampfen sich meine Eingeweide, doch ich bleibe still stehen.

Der Bader spricht weiter: „Wir gehen zu dir in die Mühle und ich werde sehen, wie ich den Albtraumbringer davon abhalten kann, nachts in dein Zimmer zu schleichen.“

Ich nicke dem Bader zu. Sprechen ist nicht möglich. Meine Nerven liegen wie zu jeder Stunde, jedem Tag blank. Wie Blitze rauscht es durch meinen Kopf, wie Unwetter in einer zu heißen Sommernacht.

3

In meiner Schlafstube ist es wie immer. Dorothea hat den Geruch von Magdalena aus dem Zimmer gelüftet. Das Tageslicht scheint hell herein, als sei der Nachtmahr nie hier gewesen. Als hätten mich nie Albträume überfallen, als wäre Jakob nie verschwunden.

Der Bader zieht ein Messer aus seinem Gürtel und rammt die Klinge in den Türrahmen. „Das sollte helfen", brummt er.

„Was? Das soll helfen? Willst du mich für dumm verkaufen?"

„Nein, gewiss nicht, das ist das beste Mittel gegen Nachtmahre. Wenn das nicht hilft, dann hilft dir nichts."

„Das ist das Törischste, was ich je gehört habe", braust es in mir hoch. „Und du willst eine Hilfe sein? Verschwinde bloß, oder ich hetzte dir den Nachtmahr auf den Hals!"

Der Bader schüttelt den Kopf. „Das Messer im Türrahmen wird den Nachtmahren von dir fern halten. Du musst aber darauf gefasst sein, dass die Dunkelheit in deinem Herzen bleibt. Der Nachtmahr kann mit einem Zaubertrick gebannt werden, Melancholie lässt sich durch das törichte Messer nicht vertreiben. Komm immer in mein Badehaus, wenn du dir die Schmerzen von der Seele reden willst."

4

Der Bader hat gelogen und doch die Wahrheit gesagt.

5

Mein Vater liegt unter der Erde und Maden zerfressen seine Augen. Er lacht mit einer Stimme, als würde sein Rachen voller Maden sein. Sein toter Körper schleift über den Kirchenboden. Er hinterlässt Spuren wie Fingernägel, die sich festkrallen. Rotkehlchen sitzen auf dem Kirchturm, fliegen hoch und lassen sich vom Nebel fressen. Sie singen nicht, sondern lachen wie mein Vater. Er lacht mich aus, weil Jakob – auch wenn er verschwunden ist – noch ein besserer Erbe ist als ich.

Die Spuren kriechen über den Kirchenboden. Die Spuren kriechen durch den Flur. Die Rotkehlchen fliegen an meinem Fenster vorbei. Füße tanzen über den Boden. Es ist eine Balletttänzerin aus Maden.

Schritte sind im Haus. Sanfte Schritte, von Füßen weich wie Madenfleisch. Ich sehe Magdalenas verweinten Augen unter einem Schleier in der Kirche. Ich sehe sie in der guten Stube. Eine schwarze Gestalt huscht durch mein Haus.

Ich weiß, dass es nur ein Traum ist, weil die Autorin mich wissen lässt, dass es ein Traum ist. Sie schickt mir die düsteren Gedanken. Dann rüttelt sie an mir.

Sie warnt mich: „Benjamin, schnell wach auf. Mach deine kleinen Äuglein auf. Das ist kein Traum mehr. Da ist wirklich eine Gestalt in deinem Haus!"

Und in diesem Moment schlage ich meine Lider auf. Ein Luftzug kriecht durch die Wände wie die Finger durch die Kirche. Mein Federbett klebt schweißnass an meinem Körper. Der Schweiß ist bereits abgekühlt und lässt mich in einer Lache aus Ekel vor mir selbst zurück. Der Traum streift sich noch von meiner Hirnhaut ab, als ein Knarren durch den Raum ertönt. Die Tür öffnet sich. Die Autorin flüstert mir warnende Worte zu: „Pass auf: Ein Schatten, der Dunkler als die Nacht ist, steht in der Tür."

Der Schatten faucht wie eine Straßenkatze. Augen wie weißer Nebel leuchten durch einen Schleier aus Schwarz. Die Augen sind auf das Messer gerichtet. Die Gestalt steht dort in der Tür und kann nicht hinein, weil eine Silberklinge ins Holz geschlagen wurde.

Die Gestalt hat lange Finger, die sich an ihren Spitzen zu Krallen verwachsen. Sie lässt ihre Fingerknöchel knacken, bevor sie sich behutsam dem Messergriff nähert. Solange das Messer in dieser Tür steckt, kann sie nicht hindurch. Sie kann nicht zu mir und sich auf meinen Brustkorb setzen.

Sie krallt sich am Griff des Messers fest. Es beginnt zu dampfen. Es zischt und qualmt. Der Schatten schreit dazu. Fauchend lässt die Gestalt vom Messer ab.

Mein Herz pocht, mein Atem rasselt. Ich bin in Sicherheit.

Doch der Wille der Gestalt ist stärker als das verbrannte Fleisch. Sie wagt einen weiteren Versuch. Packt den Messergriff. Rauch erfüllt den Raum. Schmerzensschreie. Das Messer fällt zu Boden. Ich richte mich auf, als die Gestalt mit schwarzem Schleier den Raum betritt.

Die Gestalt hebt den Spitzenstoff vor ihrem Gesicht und wahrlich ist es für keinen der Beteiligten eine Überraschung, Magdalenas Antlitz zu sehen. Ihre

Mondaugen schimmern silbrig. Das Silberlicht spiegelt sich in ihren spitzen Zähnen wider. Schwarze Adern durchfließen ihr Gesicht. Kaltes Blut. Böses Blut.

Nicht Magdalenas körperliche Stärke drückt mich in mein Bett zurück. Es ist die Traurigkeit und Willenlosigkeit.

Sie setzt sich an mein Bettende. Streicht mir das schweißnasse Haar aus dem Gesicht.

„Setzt du dich jede Nacht auf meine Brust und bescherst mir Albträume?“ Meine Stimme ist matt, ich resigniere, warte auf meinen Tod.

„Ja.“

„Mein Vater hat dich nie vor dem Nachtmahr in der *Dicken Marie* gerettet?“

„Nein, er hat es versucht. Er hat mir Male in die Haut geritzt. Aber wer nicht gerettet werden will, kann nicht gerettet werden. Es gab nie einen Herrn in Berlin, der mich aus den Fängen Tegels retten wollte. Der einzige Hoffnungsschimmer war dieser Traum, mächtiger zu werden als jeder hier im Dorf. Endlich mehr zu sein als ein Stück Fleisch. Ich *wollte* in dieser Nacht, dass der Nachtmahr in mich eindringt. Ich wollte er werden. Und schau, wie prächtig wir geworden sind.“ Ihre Zähne sind wie Messer, ihre Augen wie der Mond.

„Und du hast Jakob davon erzählt, damit du mich fressen kannst?“, frage ich.

„Nein, mein armer Benjamin, das war nicht Teil des Plans. Ich wollte doch nicht deine Seele fressen, sondern die deines Bruders. Ich wollte, dass Tegel dich sieht, wie du bist, als den wahren klugen Erben der Mühlengerechtigkeit."

„Du lügst mich an."

„Nein, ich lüge nicht. Ich habe einen Fehler begangen und nun musst du dafür einstehen. Ich habe Jakob unterschätzt. Er hat meinen Plan durchschaut und dich zur alten Eiche geschickt. Als ich den Fehler sah, da hatte ich schon von dir gekostet. Da warst du schon mein Schwein, das ich schlachten musste."

„Verschwinde von hier. Wenn es das ist, was ich für dich bin. Ein Schwein zum Fressen."

„Ich wünschte, ich könnte es. Doch als du in der Nacht an der *Dicken Marie* aufgetaucht bist, haben sich unsere Schicksale miteinander verflochten. Du bist der Wirt und ich dein Parasit. Bis dass der Tod uns scheidet."

Sie hebt ihren Rock. Entblößt ihre Beine, entblößt ihre Weiblichkeit. Eine letzte Erkenntnis kommt über mich: Über die Angst, die Menschen verbreiten können, wenn sie mächtig werden. Und dass es manchmal einfacher ist, sich dem Machtgefälle zu fügen, statt sich zu wehren. Ja, sich sogar wohlzufühlen, es vollkommen anzunehmen. Magdalena schritt durch Schmerzen, nahm ihre Rolle als Opfer an, formte sie um und kam als mächtige Zauberin daraus hervor.

Sie will sich gerade auf mich setzen, um mein Leben aus mir zu saugen, da weckt dieser Gedanke etwas in mir auf. Eine letzte Kraftanstrengung, ein letztes Aufbäumen, bevor Magdalena zu dem wird, was ich immer von ihr wollte. Ich stoße sie von mir. Ihr Körper kippt nach hinten, sie faucht. In ihren Augen ist etwas, was ich nicht erwartet hätte und was sie scheinbar auch nicht erwartet hat. Nicht der dichte Nebel, sondern der Ausdruck von Überraschung. Ich trete sie von der Bettkante. Sie fällt, ich springe ebenfalls aus dem Bett. Was dann passiert geht schneller, als meine Erinnerungen reichen. Es ist wie in dem Nebel, der um die *Dicke Marie* schleicht, es ist wie der Winter, der gekommen war, ohne dass ihn jemand bemerkt hätte.

Ich muss zur Tür gesprungen sein, dort wo das Messer liegt. Ich stolpere. Ich falle. Ich höre, wie Magdalena sich erhebt und katzengleich über die Dielen springt. In dem Moment, als sie sich wieder auf mich setzten will, um mich zurück in meine Melancholie zu schicken, drehe ich mich auf den Rücken.

Ich stelle mir vor, wie ich die silberne Klinge des Messers erhebe. Ich stelle mir vor, wie ich zusteche. In meinen Gedanken steche ich auf sie ein. In ihren Bauch, durch ihre Rippen. Ich stelle mir vor, wie ich ihr Korsett aus Haifischknochen zerschlitze. Blut quillt aus ihrem Mund und ich steche weiter. Blut fließt, wie Jakobs Blut geflossen ist.

Manchmal stelle ich mir vor, wie ich Menschen töte. Ich habe mir schon vorgestellt Jakob mit einem Kerzenleuchter zu erschlagen. Nun stelle ich mir vor, Magdalena zu erstechen. Mit dem Messer. Wieder und wieder. In solchen Nächten – wenn ich träume ein Menschenleben zu nehmen – in solchen Nächten – mahlt die Mühle nachts.

Kapitel 5
AKZEPTANZ

1

Ein Amselweibchen sitzt am Fenster. In ihrem Schnabel hat sie Stroh, dass sie sich aus der Scheune gestohlen haben muss. Sie schaut ins Fenster, doch ich weiß, dass sie nur ihr Spiegelbild in der Scheibe sieht. Sie legt ihren Kopf kurz schief, ehe sie in die Luft davonfliegt. Mit ihr geht die Sonne auf. Und mit ihr beginnt der Frühling.

Meine Glieder fühlen sich nicht mehr matt an, ich kann sie bewegen, wie es sich für die kräftigen Beine eines jungen Mannes gehört. Mein Brustkorb ist befreit, mein Atem geht leicht.

In Tegel geht ein Raunen um. Magdalena sei verschwunden. Nur ihr Schultertuch habe auf der Straße vor dem Eingang zum Dorf gelegen. Wir suchen den Wald nach Spuren ab. Ein Bote wird nach Berlin geschickt, um in den Wirtshäusern zu fragen, ob eine verirrte Dame dort aufgetaucht sei. Das Waschweib Elisabeth hörte man sagen, sie stelle sich vor, wie Jakob und Magdalena irgendwo in einem Wiener Café sitzen, über Jakobs Witze lachten und dabei keinen Gedanken an das alte Tegel verlieren würden.

Die Mühle mahlt weiter das Korn, das nicht mehr verrottet oder von Maden befallen ist. Ich muss noch in meine Rolle hineinwachsen, so wie mein Bruder Jakob zu sein. Es fällt mir schwer, mit Menschen zu sprechen und sie nicht nur zu beobachten. Doch mit jedem Tag wird es leichter und mit jedem Tag vermisse ich Jakob und Magdalena weniger. Die Autorin zieht sich zurück, sie kann nun ihre düsteren Gefühle nicht mehr über mich stülpen.

Was bleibt ist die Mär von dem Aufhocker, der in der *Dicken Marie* schlummert und wenn du dich bei Nacht dem Baum näherst, springt er auf deine Schultern zerdrückt dir die Brust und bringt dich in Atemnot. Die Albträume verhallen. Die Mühle mahlt unerbittlich, nur am Tag, nie mehr in der Nacht.

Historische Einordung

Beginn des 19. Jahrhunderts im Berliner Umland – Es mag sein, dass es in Tegel spukt. Zumindest muss in der Nacht ein unsichtbares Wesen meine Recherchematerialien durcheinandergebracht haben. Denn es haben sich einige Fehlerchen in *„Was im Dunkeln Schatten wirft“* eingeschlichen. Aber um wieder zur Wahrheit zurückzukommen: Schon zu Beginn dieses kleinen Projekts stand fest, dass historische Fehler einfach entstehen müssen. Schließlich wollte ich unbedingt drei Motive in dieses Büchlein einarbeiten, die wiederum gar nicht zueinander passen wollen:

1. Ich wollte einen Erbstreit zwischen zwei Brüdern einfließen lassen, der vor dem Hintergrund des Mühlenrechts in der damaligen Mark Brandenburg spielt, und

2. ich bin fasziniert von dem Bild einer Frau, die mit einem schwarzen Schleier durch eine Kirche schreitet. Entsprechend wollte ich dieses Motiv möglichst oft in meiner kleinen Spukgeschichte auftauchen lassen, und

3. es spukt in Tegel. Ganz besonders in der *Dicken Marie*, dem ältesten Baum Berlins. Eine so hübsche Legende konnte ich mir selbstverständlich nicht entgehen lassen.

Vordergründig passt das alles gut zusammen, gibt es doch in Tegel wirklich eine Wassermühle. Früher sah sie auch regelrecht wie eine Geistermühle aus (Du kannst die sogenannte Humboldtmühle auf Seite 5 dieses Buches sehen). Nur leider gab es nie einen Erbschaftsstreit um diese Mühle. Zu Beginn des 19. Jahrhunderts war sie im Besitz der Gutsherrschaft Alexander Georg von Humboldt. Und noch ein weiteres Detail will einfach nicht so recht passen: In der Mark Brandenburg gab es das sogenannte Mühlenrecht, das sich so herrlich für Erbschaftsstreitigkeiten anbietet. Das Mühlenrecht wurde jedoch 1810 abgeschafft (Treutler 2018).

„Kein Problem", möchte man sagen. Die Geschichte spielt Anfang des 19. Jahrhunderts, also folglich irgendwann vor 1810. Doch damit ergibt sich ein Widerspruch: Schwarze Trauerkleidung für Damen (mit Schleier, Hut, schwarzem Kleid und Handschuhen, wie sie Magdalena so schön trägt) etablierte sich erst in der zweiten Hälfte des 19. Jahrhunderts (Karner 2019). Vor 1810 wird wohl niemand eine geheimnisvolle Dame mit schwarzem Spitzenschleier bei einer Trauerfeier gesehen haben.

Damit ich meine Herzensmotive in der Geschichte umsetzen konnte, mussten also historische Fakten der Ästhetik weichen.

Vielleicht tröstet es ein wenig, dass ich mir nicht alles in diesem Buch ausgedacht habe. Manches haben sich auch die braven Bürger*innen des damaligen Dorfes Tegel einfallen lassen. So besagt eine Sage, ein sogenannter Aufhocker würde in der *Dicken Marie* hausen. Um Mitternacht soll er seinen Unterschlupf verlassen und sich auf den Rücken seiner Opfer setzen. Er soll Schmerzen und Atemnot verursachen (Franke 2012).

Der Aufhocker hat meiner Meinung nach eine starke Ähnlichkeit mit dem Nachtmahr (oder auch Nachtalb, Trud oder Drud). Dabei handelt es sich um Nachtgeister oder Dämonen, die sich auf deine Brust setzen und dir so Albträume, böse Gedanken und ein erdrückendes Gefühl bescheren. Wenn man nun wissen möchte, was gegen diese Nachtgestalten hilft, wird man nicht in der brandenburgischen, sondern in der bayrischen Folklore fündig: Gegen Nachtmahren helfen für gewöhnlich ein Drudenfuß (also ein Pentagramm, das früher als Schutzsymbol galt) sowie Messer, die mit der Schneide nach oben in den Türrahmen geschlagen wurden (Daller 2016). In anderen Sagen kriechen die Nachtmahre durch Schlüssellöcher und Türritzen. Sie können auch besiegt werden, indem man sie in diese Löcher einsperrt. Richtet man sich nach den Brüdern Grimm, soll der Spruch „Trud, komm morgen, so will ich borgen!" den Nachtmahr vertreiben. Allerdings kommt dieser dann am nächsten Tag in Gestalt eines Menschen, um sich etwas zu leihen. Hier muss die betroffene Person selbst entscheiden, was schlimmer ist: Albträume bekommen oder Dinge verleihen.

Es ist also nicht alles falsch, was in diesem Büchlein steht. Hoffe ich zumindest – denn sonst wüsste ich nicht, wie ich mich vor Nachtmahren schützen könnte.

Nachwort

Aus dem Versuch heraus, Begriffe für meine Texte zu finden, bin ich auf ein Sub-Genre in der Phantastik gestoßen: feministischer Horror. Das ist eine Formulierung, hinter der viele Erwartungen und auch viel Druck stehen – aber auch Chancen. Daher breitete sich in mir dieser Wunsch aus: Das ist das, was ich schreiben möchte. Im Hinterkopf schwang dabei aber auch immer eine Frage mit: Ist es auch das, was ich schreiben kann?

Mit „Was im Dunkeln Schatten wirft" entstand der Versuch, eine Novelle zu formulieren, in der ich Selbstbestimmung und Sexualität in Verknüpfung mit dämonischen Motiven erkunden wollte. Ich wollte herausfinden, wie sich Machtverhältnisse bis in unser privatestes Intimleben – unsere Sexualität – erstrecken. Ich wollte darüber schreiben, dass Sexualität mehr sein kann als Hierarchie. Sie sollte doch eigentlich auf Zuneigung oder zumindest Lust basieren.

Ich wollte so viel. Ich wollte keine starke Frauenfigur erschaffen – ich wollte einen vielschichtigen und tiefgreifenden weiblichen Charakter entwickeln, der sich zerbrechlich und dennoch fest anfühlt. Ich schrieb und schrieb, doch alles, was mein kleiner Kopf fabrizierte, war eine stereotypische *Femme Fatale*. Also eine „verhängnisvolle Frau", attraktiv und dämonisch, die nur funktioniert, wenn sie ein männliches Gegenstück hat, das sie manipulieren kann. Magdalena passt genau in diese Schublade: Ihre einzige Eigenschaft ist ihre Schönheit – und wie sie mit dieser Schönheit Macht ausübt. Dazu ein Protagonist, der auch nur das in ihr sieht. Magdalena hat keinen Charakter, sie hat nur einen Körper.

Übrig blieb keine feministische Figur, die die Machtverhältnisse des Patriarchats aufbricht und neue Strukturen schafft, die auf Gleichheit und Beziehungen auf Augenhöhe beruhen. Das Einzige, was Magdalena vollbringt, ist für einen kurzen Zeitraum die Verhältnisse umzukehren … und danach zu sterben. *Wow.*

In der Filmsprache wird häufig vom „Male Gaze" gesprochen, also der Darstellung von Frauen im Film als Figuren durch den männlichen Blick – mehr Objekte als Menschen. Demgegenüber steht der „Female Gaze", der Frauen als eigenständige Figuren mit Geschichten, Konflikten, Wünschen und Ängsten darstellt. Im Schreibprozess stellten sich mir daher die immer gleichen Fragen: Warum kann ich also nicht eine Geschichte schreiben, die aus dem Female Gaze betrachtet wird? Kann denn ein Text als „feministischer Horror" gelten, wenn wir wieder nur einem Abziehbild einer hypersexualisierten Frau begegnen?

Vermutlich nicht. Was ich aber für mich als Autorin aus dem Prozess mitnehmen kann, ist, dass ich mich weiterentwickeln möchte – hin zu den vielschichtigen und tiefgreifenden FLINTA-Charakteren, die sich so zerbrechlich und dennoch so fest anfühlen. Ein Schritt muss schließlich der erste Schritt sein, wenn ich meine eigenen patriarchalen Denkmuster auflösen möchte.

„Was im Dunkeln Schatten wirft" ist somit nur als erster Versuch zu sehen. Es ist für Lesende kein Meilenstein in der feministischen Horrorliteratur. Aber es ist für mich ein Meilenstein. Denn nur durch diesen Text konnte ich lernen, dass ich noch viel zu lernen habe.

Danksagung

Nun sitze ich hier allein und ändere die letzten Kleinigkeiten im Text. Jedoch entsteht eine Geschichte nie in Einsamkeit. Geschichten wollen erzählt und gehört werden – sonst sind sie keine Geschichten. Und damit diese hier entstehen konnte, habe ich viel Unterstützung bekommen.

Mein Dank gilt ganz besonders meinen Testleser*innen, die viel Liebe und Mühe hier hineingesteckt haben.

Danke an Irina, Manuela, Katja, Chrisi, Madeleine und Anna. Euer Feedback ist Gold wert.

Danke auch an alle Menschen aus der Romanwerkstatt, besonders an Andrea und Tobias, die mir viele wertvolle Empfehlungen an die Hand gegeben haben.

Vielen Dank an Gerrit, der mir nicht nur beim Überarbeiten geholfen hat, sondern auch stets seelischen Beistand leistet.

Zudem leben Geschichten von Inspiration. Ich habe das große Glück, liebe Menschen zu kennen, die gerne über Literatur sprechen.

Danke besonders an Nina für ihre literarischen und nerdigen Impulse. Und Danke an Saskia, die sich sehr geduldig meine Ideen anhören musste.

Danke an meine Eltern, die immer für mich da sind.

Textquellennachweise

Der Alp: Brüder Grimm, publiziert im Jahr 1816, in: Deutsche Sagen, Band 1, S. 130–132, Verlag Nicolai, abrufbar unter anderem auf: https://de.wikisource.org/wiki/Der_Alp

Faust, Eine Tragödie, Walpurgisnacht: Johann Wolfgang von Goethe (1749–1832), abrufbar unter anderem auf: Projekt Gutenberg-DE ®, Hille & Partner, Herausgeberin: Hella Reuters, https://www.projekt-gutenberg.org/goethe/faust1/chap024.html

Mondlied: Paul Heyse (1830–1914), abrufbar unter anderem auf: Die Deutsche Gedichte-Bibliothek, Konzept, Gestaltung und Inhalt © B. Ritter, https://gedichte.xbib.de/--65090_50422_80546_42872--.htm

Mühlenwesen (Kurmark, plattes Land): Gerd-Christian Th. Treutler, publiziert am 23.04.2018; in: Historisches Lexikon Brandenburgs, http://www.brandenburgikon.de/

Sagen und Mythen, Wenn die Drud kommt: Thomas Daller, publiziert am 28.12.2016, in: Süddeutsche Zeitung, https://www.sueddeutsche.de/muenchen/sz-serie-sagen-und-mythen-folge-3-wenn-die-drud-kommt-1.3312834

Spukgeschichten aus Berlin & Brandenburg: Lars
Franke, publiziert im Jahr 2012, 1. Auflage, in: edi-
tion federchen, Steffen Verlag.

Trauermode, Der Tod steht ihr gut: Regina Karner,
publiziert am 14.10.2019, in: magazin wien museum, https://magazin.wienmuseum.at/trauer-
mode

Bildquellennachweise

Head of a Veiled Woman: Anders Zorn, (1860-1920), Wasserfarben auf Velinpapier, Art Institute of Chicago.

Winterliche Waldlandschaft bei Vollmond: unbekannte*r Maler*in des 19. Jahrhunderts, entstanden um 1880, Öl auf Leinwand, unsigniert, Privatsammlung.

Blick auf einen Bauernhof bei Tegel: P. Haas n. Calau, Kupferstich, um 1795, Prospecte von Berlin.

Vale (farewell): Arthur Hacker, 1913, Öl auf Leinwand, Privatsammlung.

Prozession im Nebel: Ernst Ferdinand Oehme, 1828 Öl auf Leinwand, Staatliche Kunstsammlungen Dresden.

Vanitas, Stillleben: Johannes Wimmel, 1842, Öl auf Leinwand, Neue Galerie, Kassel.

Romeo und Julia: Sir Frank Dicksee, 1884, Öl auf Leinwand, Southampton City Art Gallery.

Der gefallene Engel (Studie): Alexandre Cabanel, 1846, ÖL auf Leinwand, Musee Comtadin Duplessis.

The Voyage of Life: Old Age: Thomas Cole, 1842, Öl auf Leinwand, Gallery 60.

Zwei Wassermühlen und eine offene Schleuse: Jacob van Ruisdael, 1653, Öl auf Leinwand, J. Paul Getty Museum.

Winterliche Vollmondnacht über den Ruinen einer gotischen Kapelle: Felix Kreuzer, 1868, Öl auf Leinwand, Sammlung Prof. Dr. Thomas Olbricht.

Stricken: Arthur Hacker, 1914, Öl auf Brett, aktueller Standort unbekannt.

Inhaltswarnung

Diese Geschichte beinhaltet:

- ❖ Sexistische Sprache
- ❖ Darstellung von Depressionen
- ❖ Sexuelle Handlungen, bei denen es nicht um Zuneigung oder gegenseitigen Lustgewinn geht, sondern um Machtausübung
- ❖ Explizite Darstellung von Mord
- ❖ Darstellung von Insekten, insbesondere Maden

Die Autorin

© Gerrit Lühring

Josefine Lyda, geboren 1995 in Hannover, lebt und arbeitet im Raum Potsdam/Berlin. Literarisch ist Josefine Lyda in der düsteren Phantastik und im Horror zu Hause, wagt jedoch auch immer wieder Ausflüge in angrenzende Genres.

Infos zu Neuerscheinungen aus der Bibliothek der verbrauchten Dinge auf:

Webseite: verbrauchtedinge.my.canva.site
Instagram: @bibliothekderverbrauchtendinge
Tiktok: @bibliothekderverbrauchtendinge

Als Erstes stirbt die Hummelkönigin

Welche Spuren hinterlässt die Vergangenheit in unserer Zeit? Und welche Erinnerungen hinterlassen Spuren in unserer Seele?

1873 in der Residenzstadt Cassel – der Okkultist Loui de la Rouge opfert bei einer Séance sieben Menschen. Doch die Séance läuft anders, als erwartet und der Okkultist stirbt selbst.

Hundertfünfzig Jahre später stolpert die Studentin Rosmarie verkatert und abgebrannt in ihre WG-Küche, nur um dort die Leiche ihrer Mitbewohnerin zu finden. Rosmarie beschließt, den Tod ihrer Mitbewohnerin aufzuklären. Dabei wird sie immer wieder von einer Geistererscheinung – der Frau aus Papier – verfolgt. Doch die Frau aus Papier ist nicht der einzige Dämon, dem Rosmarie begegnet. Denn die Studentin wird im Laufe der Ereignisse von ihren eigenen Geistern der Vergangenheit heimgesucht.

Ein paranormaler Mystery-Roman, der in die Abgründe menschlicher Emotionen führt.

„Als Erstes stirbt die Hummelkönigin" von Josefine Lyda erscheint im November 2025 im Realm & Rune Verlag.

Sad Pink Birthday Glow Up

Ein verrottender Freizeitpark; eine Raumstation auf dem Mond; eine Astronautin, die eigentlich ihre Prüfungen nicht hätte bestehen dürfen; eine verliebte Technikerin; ein toter Körper in einem Raumanzug.

Sad Pink Birthday Glow Up entfaltet sich Stück für Stück, solange bis die Handlung über die Leser: innen hineinbricht. Das alles in einer Mischung aus Retrofuturismus, pinken Plastikspielzeug und Kriminalroman.

Die Novelle „Sad Pink Birthday Glow Up" von Josefine Lyda erscheint im Juli 2025 bei Infinity Gaze Studio AB.

Schamanenkind

Gehe niemals allein fort, denn im Alleinsein lauert die Gefahr.

Die Dämmerung trübt die Sicht, aber sie trübt auch die Sicht der Beute. Doch selbst im Schutz des Dämmerlichts ist Raban nicht imstande, eine Rothirschkuh zu erlegen. Denn Raban wird von seinen Erinnerungen verfolgt. Er ist ein Ausgestoßener, der sich in den Gedanken an das verliert, was er Awa angetan hat. In seine Einsamkeit und Schuld versunken, bemerkt Raban nicht, dass im Unterholz noch ein anderer Jäger lauert. Eine Kreatur, wie sie Raban noch nie zuvor gesehen hat. Und so wird der Jäger zur Beute.

In der Novelle „Schamanenkind" treffen die Welt der Mittelsteinzeit und düstere Fantastik aufeinander. Tauche ein in eine Zeit, in der Menschen noch jagten und sammelten, um ihr Überleben zu sichern, und in der das Alleinsein den Untergang bedeuten konnte.

„Schamanenkind – eine prähistorische Novelle" von Josefine Lyda erschien Januar 2025, 66 Seiten, ISBN: 978-3769324358.